MY R&R
仲井戸麗市全詞集
1971-2010

目次

1971-1979

花言葉

スイトピーをあげるよ　ライラックと一緒に
やさしかった君にあげるよ
ほんとは虞美人《ぐびじん》草とか　福寿草って思ったけれど
悲しくなるからやめた

僕あまり高いもの買えない
だから　ステキなもの探したんだ
ぼくがみつけた花言葉
心をこめて　贈るよ

スイトピーにライラックを　さくら草もそえて
さよならする君にあげるよ

僕あまり高いもの買えない
だから　ステキなもの探したんだ
ぼくがみつけた花言葉
心をこめて　贈るよ

スイトピーにライラックを　さくら草もそえて
さよならする君にあげるよ

大雪のあとで

十年ぶりの大雪が積もって
僕の身体《からだ》はすっぽりと埋もれた
十年ぶりに降り積もった
真白な暗闇の中で

僕の笑いや　僕の涙や
僕の嘘まで

十年ぶりの大雪が積もって
僕の身体《からだ》はすっぽりと埋もれた

僕の笑いや　僕の涙や
僕の嘘まで

十年ぶりの大雪が溶けて
僕の身体《からだ》はどこかへ流れた

1971年

ごろ寝

昼間からたたみの上で
ほらごろ寝　ほらね
ひとつふたつ寝がえりをうち
ほらごろ寝　ほらね

うずうずしても　始まらないのと
ひとりごと　ひとりごと

昼間から眠くはないけど
ほらごろ寝　ほらね

うずうずしても　始まらないのと
ひとりごと　ひとりごと

昼間からたたみの上で
ほらごろ寝　ほらね
ひとつふたつ寝がえりをうち
ほらごろ寝　ほらね

ろくでなし

仕方がないから　近所をぶらり
たばこを買って戻り
あとは手もちぶさたの一人きり

ろくでなし　何もやる事なし
ろくでなし　何もやる事なし　やる気なし

仕方がないから　飯にして
テレビのドラマを気晴らしに
あとは手もちぶさたの一人きり

仕方がないから　ふとんにもぐり
読みかけの本をパラリ
あとは手もちぶさたの一人きり

ろくでなし　何もやる事なし
ろくでなし　何もやる事なし　やる気なし

インスタントラーメン

インスタントラーメン
もう食べあきた
インスタントコーヒー
もう飲みあきた

誰か来て　なんか作って
とっても　温かなものね

インスタントラーメン
もう食べあきた
インスタントコーヒー
もう飲みあきた

おもてに　食べに行くのも
何となく　めんどくさいの
だから
インスタントラーメン

何とかなれ

やせがまんばかりで
もう半年過ぎたが
何が変ったか
誰を愛したか
頭の中で今夢がくずれだした
何とかなれ

やぶれかぶればかりで
もう半年過ぎたが
何が変ったか
誰を愛せたか
頭の中で今夢がくずれだした
何とかなれ
何とかなれ

待ちぼうけ

たばこ一本　たばこ二本
待ちぼうけ　ああ誰も来ない

お茶を一杯　お茶を二杯
茶柱でも立てばと　でも誰も来ない

誰でもいいわけじゃないが
誰でもいいわけじゃないが
僕は待ってます

電話の前であぐらかいて
誰かに手紙書いても
やっぱり誰も来ない

誰でもいいわけじゃないが
誰でもいいわけじゃないが
僕は待ってます

たばこ一本　たばこ二本
待ちぼうけ　ああ誰も来ない

通り雨

通り雨に降られて
あの娘《こ》にふらふられて
チョッピリいい気持ち

通り雨にさらされて
あの娘《こ》にさら去られて
チョッピリいい気持ち

でも終っちまったのさ
そう終っちまったのさ
ただ濡れただけの事さ

通り雨に降られて
あの娘《こ》にふらふられて
チョッピリいい気持ち

さなえちゃん

大学ノートの裏表紙に
さなえちゃんを描いたの
一日中かかって
いっしょうけんめい描いたの
でも鉛筆で描いたから
いつのまにか消えたの
大学ノートの裏表紙の
さなえちゃんが消えたの
もう会えないの
もう会えないの
二度と会えないの……。

退屈

退屈しのぎに
他人のうわさじゃ
退屈すぎるよ

退屈しのぎに
独《ひと》りぽっちの散歩じゃ
退屈すぎるよ

暖かすぎる冬の日

ごろんと横になって
きみの事考えたら　きみも退屈みたい

遠くの空をながめ
ちっちゃな飛行機みつけて
あれ、落ちたらいいな！

暖かすぎる冬の日

冬の夜

寝しなに一杯　酒をひっかけて
ぐっすり眠れますヨオニと

夜明けを前に蒲団を蹴飛ばして
風邪をひかないヨオニと　冬の夜

一から数をかぞえ始めて
早く眠れますヨオニと

寒いな寒いな凍え死にそう
風呂で暖まりますヨオニと　冬の夜

夏の夜が恋しい
夏の夜が恋しい
夏の夜のむし暑さが
待ち遠しい

ひなたぼっこ

僕んちはアパートの二階です
ベランダに椅子を出して
ひなたぼっこをします
それで今日が終ります

末っ子はいつもお古を着て
部屋の隅にしゃがんでました
そんな記憶があります

夕方になるのを待って
かんからを蹴飛ばしてみました
そんな記憶があります

清志君達もこの頃は
顔をみせなくなりました
そんな日が続きます

僕んちはアパートの二階です
ベランダに椅子を出して
ひなたぼっこをします
それで今日が終りました

抒情詩

抒情詩傘に雨の街へ
通り過ぎる人の後ろ姿
僕は独り　雨宿り

ポツリとひとつ瞼《まぶた》を隠し
濡れてはなるかと駆け抜ける
僕は独り　雨宿り

それでも外へそれでも外へ
僕の部屋から

知らぬ顔ばかりの悔やしさに
溜息ばかりの薄情け
僕は独り　雨宿り

それでも外へそれでも外へ
僕の部屋から

抒情詩傘に雨の街へ
通り過ぎる人の後ろ姿
僕は独り　雨宿り

ねむけざまし

ねむけざましに
せめてコーヒー一杯
欲しいな

憂さ晴らしに
醒めた君一人抱けたらな

春は僕をおいてまた何処《どこ》かへ
春は僕をおいてまた何処《どこ》かへ消えてしまう

…………
…………
…………

終りです

あびた酒でホロリ酔って
酔った心で誰かを想う
想うだけで終り　終りです

やりたい事をやり残して
明日こそはとまた思います
思うだけで終り　終りです

それはそれとしていいとしても
気にしないではいられない

ばかとりこうじゃばかがりこうさ
そう思わなけりゃやりきれない
思うだけで終り　終りです

夕立ち

逃げ出したい夏は
逃げ出したい夏は
夕立ちを待って
君を待って
また眠れない

逃げ出したい夏は……
逃げ出せない夏は……
陽かげを追いかけて
君を追いかけて
また見つからない

逃げ出したい夏は……
逃げ出したい夏は……
逃げ出せない
夏……　夏……

1972年

ポスターカラー

こんな小さなポスターカラーで
何を描こうか
君の事を想い出して描いてみます

黒い下駄をひっかけて
カランコロン　カランコロンって
君はいつも僕を想っていたでしょ

オレンジジュース飲みたいわ
私　白が似合うでしょ
噴水の水はいつもきれいすぎるわ

紅茶にしますか
ミルクはどうしますか
紅茶にしますか
ミルクはどうしますか

今日は畳替えの日なの
だから外で会いましょうね
テニスコートを眺め
君は僕に抱かれたでしょ

また終っちゃうのね

嫌な夏がって
君は窓を拭きながら言っていたでしょう
三月か四月の初めには
私　帰りますよ
気が向いた時でいいから
手紙書いてね

紅茶にしますか
ミルクはどうしますか
紅茶にしますか
ミルクはどうしますか
こんな小さなポスターカラーで
君を想い出しました

うわの空

ぼんやりの心に
和《やわ》らかな外景色
包み込む暖かさに
肩を竦《すく》めながら
堪《たま》り兼ねた心細さも
うわの空へ

俯《うつむ》きの身体に
浮かれ出た街景色
君が残した優しさが
僕を掠《かす》めながら
残り過ぎた思い出さえも
うわの空へ

あの街は春

ガソリン・スタンドのあの女の
無愛想気にしながら
僕はあの娘《こ》が通るのを待ってた
あの街はもう春

降り出した雨の中で
感じ悪いタクシー
よろけよけながら
僕はあの娘《こ》が通るの待ってた
あの街はもう春

梅が散ったら桜が咲いたら
それだけの事で僕の街も
暖くなってくれればいい
それだけの事で

ガードレールに半分腰かけて
手紙を破きながら
僕はあの娘《こ》が通るのを待ってた
あの街はもう春

ガソリン・スタンドのあの女の
無愛想気にしながら
僕はあの娘《こ》が通るのを待ってた
あの街はもう春

あの街だけ春……
冥土町　春……

らびんすぷーんふる

溶け出した　曇り空
みつけられた朝は
君を連れて　出かけて　行きます

拡がってく　青い空
くぐりぬけられたら
僕は君を抱いて行きます

もう誰にも会わずに
ここから何処《どこ》へ何処《どこ》へと出かけ
蹴飛ばした小石が　飛んでく空は
はしゃいだ君を　吸い込みます

ねぼけたままの君は　僕を頼り過ぎて
時々はつまずきます

もう誰にも会わずに
ここから何処《どこ》へ何処《どこ》へと出かけ

溶け出した　曇り空
みつけられた朝は
君を連れて　出かけて　行きます

拡がってく　青い空
くぐりぬけられたら
僕は君を抱いて行きます

もう誰にも会わずに
ここから何処《どこ》へ何処《どこ》へと出かけ

おいてきぼり

からっ風　大きく　春一番
街はまた模様替え
癪《しゃく》の種は　右に左に　僕は　また腹立てる
君がもどったと喜べば
そらみたまた他人の空似
夢見心地で見た夢じゃ　このまま夢のまま

とけ込めないのか　とけ込まないのか
僕はまだ生活をみつけられない
ゆるせないのか　ゆるさないのか
流れる　流される

とんぼ返しの街と部屋
したい放題すれ違う

家には戻れない　恥はかけない
意地ばかりの　意気地無し
情け知らずで　縁切られ
受けた恩を　仇返す
損得ぬきでは　つながれません
絆はとうに切れてます

とけ込めないのか　とけ込まないのか
僕はまだ生活をみつけられない
ゆるせないのか　ゆるさないのか
流れる　流される

からっ風　大きく　春一番
街はまた模様替え

びしょぬれワルツ

雨降り模様は傘《こうもり》咲かせ　某《なにがし》坂をひた走る
信濃町まで足は延び　二人会えれば　ランデブー
空《から》梅雨空には傘《こうもり》閉じて
野球見物　楽しめば
小石川から肩寄せて
二人歩けば　ランデブー

雨のち曇りは傘《こうもり》抱え
ロードショーの帰り道
流れる人は銀座へと
つられて二人も　ランデブー
雨降り模様は傘《こうもり》咲かせ　某《なにがし》坂をひた走る
信濃町まで足は延び　二人会えれば　ランデブー

讃美歌

国道２４６は今日も車がいっぱい
タバコをくわえながら
僕は白塗りの自転車をとばす
新しいシャツと新しい運動靴と
新しい野球帽を買って
僕は自転車をとばす

キラー通りを抜けて多摩川通りを渋谷まで
真夏の怒り狂った街を通り抜けて
僕は自転車をとばす

いつのまにかだんだんまわりが見えなくなって
街も車も人もビルディングも電信柱も
犬とか猫とか花とかだんだん見えなくなって
僕は一つだけ残された道をゆっくり進む
だんだん速く僕は新しい自転車をとばす

そして僕に関わってくる全てのものをとばしたい
僕をこの世に送り出した父や母や
小学校の時の川口先生や
僕の楽しかった頃の思い出は
幼なじみ　かずおちゃんやかっちゃんや
ちえこちゃん関口君をとばしたい

もしも男と女のことが全てだったならば
もしも男と女のことが全てだったら

僕はあの娘《こ》のことで終っちまう
僕の全てはあの娘《こ》のことで終っちゃっても構わない

渋谷は道玄坂クリスマス模様の
歩行者天国に消えていった
君の後ろ姿を見送った
僕が流した涙は何処《どこ》へいったんだ
君が東京駅まで送りに来て天井桟敷
大阪公演　島ノ内小劇場で流した
僕の涙は何処《どこ》へいったんだよ
一ケ月何も出来なくて家に閉じこもって
ずっと我慢してた

僕の空白はどうしたんだよ
野球の選手になりたくて
野球の選手になれなかった僕は何処《どこ》へ行ったんだよ

男と女のことが全てだったら
僕はあの娘《こ》のことで終ったって構わない
君に唄ってあげた　花言葉の唄は
もう唄えないよ　もうずっと昔の事じゃないか
君と別れたことは悲しいけど　それより
そのことが遠くにいっちゃう事が悲しいんだよ

いつも僕が情けなくてさ
いつも僕が情けなくてもさ
君だって随分意地悪だったじゃないか

男と女のことが全てだったら
僕の全てはあの娘《こ》のことで終っちまう
あの娘《こ》のことで終っちゃったって構わないんだから
社会にとって個人なんてどうでもいいって言ってた

君の頬をぶん殴れなかった僕の涙は
何処《どこ》へいったんだよ

御茶の水の坂を上がって中央線信濃町で降りて
絵画館前でランデブー
テニスコートの前で座って
白いボール綺麗ね　高級洋菓子店　中二階　待合室
すももを一つポケットから
これ私だと想って持っててよ

私　三月か四月の初めには故郷《くに》へ帰ります
気が向いた時でいいから手紙書いてね

男と女のことが全てだったら
男と女のことが全てであったら
僕の全てはあの娘《こ》のことで終ったって構わないさ

だんだん明るくなって　だんだん明るくなって
人とか道路とか木とか花とかみんな見えてきて

国道２４６を僕は自転車をとばす
もうすぐ帰れるから　もうすぐ帰るから
もうすぐ帰るからね
もうすぐ帰れるはずだから　もうすぐ帰るよ
もうすぐ帰れる　もうすぐ帰るよ
もうすぐ帰れる　もうすぐ帰れるからね
もうじきだから　もうすぐ帰れるから
もうすぐだから　もうすぐ帰れるから

ぼくが三途《さんず》の川を渡るとき
大きなバケツに綺麗な水をいっぱいくんで
空からにわか雨にして降らすんだ
そしたらみんな

ありがとう　ありがとうって
そしたらみんな嬉しそうに
ちぎれるくらい手を振って
ありがとう　ありがとうって
こんなとこまでひきずってきた
僕のちっぽけな思い出の中には
いつまでたっても
君や君の街の匂いがいっぱいで
きっとそれもいつか
にわか雨に溶かされて小さく降っていくんです

そしたらぼくは何処《どこ》まで行っても汚れることのない
雨の中を　やっとのことで僕に戻れた
僕の身体《からだ》を
思いっきり弾ませて　一番素敵な所まで
一番素敵な所まで

一番嬉しそうな顔して　そしたら　みんな
よかったね　よかったねって　そしたらみんな
よかったね　よかったねって…
こんなところまでひきずってきた君や
君の街の匂いもいっぱいで　ずっと…
妹をもらわなかった僕の家や
ちっとも変わらないあの娘《こ》や
もらいっこはもらいっこのままで　ずっと…

僕に関わるものを全てとばしたい
僕に関わってきた全てのものをとばしたい
僕に関わるものを全てとばしたい
僕に関わってきた全てのものをとばしたい

男と女のことが全てだったら
僕の全ては君のことで終っても構わない

僕の全ては君のことで終っても構わない

天井桟敷　大阪公演　島ノ内小劇場で流した
僕の涙は何処《どこ》へいっちまったんだよ
渋谷は道玄坂のクリスマス模様の歩行者天国で
君の後ろ姿を
追いかけて　追いつけなかった時
流した僕の涙は何処《どこ》へいっちまったんだよ…

もう帰らないよ……
また行くから……　ずっと……

おやすみ

おやすみ
あとは　眠りの中へ
おやすみ
全部　眠りの中へ
僕を思い出して

さよなら
あとは　眠りの中へ
さよなら
全部　眠りの中へ
僕を忘れないで…

うそつき

君はいつも　うつむいてばかり
抱かれていたかったくせに
僕は　肩すかされ
それでいつもうずうず
君がいたずらに弾いてた
ピアノの音が離れない　今も

君は　いつもつまんなそうに
誘われたかったくせに
僕が喋り始めると　アメリカに行きたいとか
気のない返事

僕は　肩すかされ
それでいつもうずうず
君は　いつもわがままばかり
甘えていたかったくせに
僕が許しはじめると　別に寒くないとか
気のない返事

僕は　また肩すかされ
それでいつもうずうず
君がいたずらに弾いてた
ピアノの音が離れない　今も

君はいつも　うつむいてばかり
抱かれていたかったくせに
僕が腕を絡ますとお茶がさめるとか
気のない返事

僕はいつも肩すかされ
それでうずうず

夏が来れば

初夏《はつなつ》の匂いを思いっきりかげたら
僕はちょっと昔を想い出して
苦笑い　苦笑い　苦笑い　苦笑い

七重八重桜　夏を知らず落ちたら
僕はちょっと女の娘《こ》恋しくて
苦笑い　苦笑い　苦笑い　苦笑い

いつまでも同じじゃないにしても
いつまでも変わらないにしても
いつまでもこのままでいられないにしても
苦笑い

雷の気配を入道雲に見たら
僕はちょっと我を忘れかけて
苦笑い　苦笑い　苦笑い　苦笑い

ひなまつり

さくらの花びら　風吹《ふぶ》いて
ひなの祭り　来ても
祝う娘はどこにいる
年中行事にしばられて
今年もまた　あくせく　あくせく

暦の上に秋立ちて
二百の十日　来ても
出会う人に会えぬまま
年中行事にしばられて
今年もまた　あくせく　あくせく

あいつらとはもう話せないはず
あいつらとはもう話さないはず

春たけなわ

春たけなわ　辺《あた》り一面花香る
夢は七分咲きのまま　咲き乱れ

うながされた話は　全部鵜《う》呑み　丸呑み
かなわぬ願いは　高望み

雲流れりゃ　辺《あた》り一面上機嫌
わだかまり除かれ時は刻まれ

沈み行く街に興味津々興味津々
人気《ひとけ》のない街へと　一目散

風向き変わりゃ　辺《あた》り一面うららか
救いのない悲しさも中途半端

語り合う言葉はいつもから　空回る
語り合わぬ胸の内は　腹を探る

沈み行く街に興味津々興味津々
人気《ひとけ》のない街へと　一目散

愛した心が全部しぼんだならば
しるしをつけられた愛とも　これでおさらば

春たけなわ　辺《あた》り一面花香る
夢は七分咲きのまま　咲き乱れ

セントルイス ブルース

港の灯りは　全部　落ちた
あの娘《こ》は今頃　あいつの腕の中
セントルイス ブルースを　いつもの店でさ

港の灯りは　全部　落ちた
ふられた気持ちで裏通り
セントルイス ブルースを　いつもの店でさ

奴はどこの奴さ　奴はどこの奴さ
あの娘《こ》をさらってっちまう
あの娘《こ》は明日港を出てっちまう
セントルイス ブルースを　いつもの店でさ

港の灯りは　全部　落ちた
あの娘《こ》は今頃　あいつの腕の中
セントルイス ブルースを　いつもの店でさ

早く帰りたい

帰りの車は　軒並み立ち往生
とんでもない事情で　話はふり出しに
早く帰りたい　早く帰りたい　早く帰りたい
帰りの車は　軒並み立ち往生
一方的な都合で　約束は物別れ
早く帰りたい　早く帰りたい　早く帰りたい

今日から僕らは友達でもなんでもない
今日から僕らは恋人でもなんでもない
今日から僕らは友達でもなんでもない
帰りの車は　軒並み立ち往生
とんでもない事情で　話はふり出しに
早く帰りたい　早く帰りたい　早く帰りたい

love song

おばさん　朝から日傘で
歩道橋の上でひまつぶし
あの娘《こ》　二階の窓で　ひと雨と僕を待ってる
ゆうべ泣いてたのどうして
ゆうべ泣いてたのどうして

湘南電車汗かき　海辺の街へくり出す
あの娘《こ》　前髪そろえて　夕暮れと僕を見てる
ゆうべ帰らなかったのどうして
ゆうべ帰らなかったのどうして

君がいつもさみしくならぬように
君がいつも心動かぬように

僕から100パーセントの愛を　君に
僕から100パーセントの愛を

おばさん　日傘あきらめて　一人とぼとぼ帰る
あの娘《こ》と僕と二人ぼっちで
街中の神社で夏祭り
ゆうべどこで踊ってたの
ゆうべ誰と踊ってたの……

ゆうべのことはもういいから
ゆうべのことはもういいから

君がいつもさみしくならぬように
君がいつも心動かぬように
僕から100パーセントの愛を　君に
僕から100パーセントの愛を　愛を　愛を

少年

海辺の街に住んでいるのに
少年はいまだかつて　海鳴りの音を
一度も聴いたことがない

冬が流れます　雪溶け水に
飛べない僕が
青空に塗り込められる

冬が帰ります　足跡つけて
灰色の嘘が
青空に塗り込められる

どうだか知らぬが

どうだか知らぬが
こうなったんです
こうなったんです

冬が止《や》みます　景色の中で
鳴らない指笛が
青空に塗り込められる

冬が死にます　音色の中で
二人の夜が
青空に塗り込められる

どうだか知らぬが
どうだか知らぬが
こうなったんです
こうなったんです

熊野神社を通って

新しいアパートに越して来ました
周りにつられて　僕も少し変わって
見つけた柿の実も　ほんの少し揺れてくれてます

乞食も逃げだす　秋の空の下　汚れた身体《からだ》で
めかしこんだ僕は
きのうと同じあの街へ出かけて行きます

僕はずっと前から　外を見てたはずなのに

天気予報どうりの雨が降る中
こうもり傘わざと忘れた僕は
となり近所にとけ込めそうもないんです

僕はずっと前から　外を見てたはずなのに

きっと僕はいつも嘘をついていたんです
きっと僕はいつも嘘をついていくんです

寝たきりの年寄りに秋を感じた僕は
消し忘れた煙草の残り火ばかり気にします

新しいアパートに越して来ました
周りにつられて僕も少し変わって
見つけた柿の実も　ほんの少し揺れてくれます

きまぐれラプソディ

しみついたぜいたくは　鼻もちならぬ　ならぬ
ぜいたくで　とどのつまり　行きどまり
街をめぐって夜もすがら　骨折り損の　損の
無駄骨は　期待はずれで泣きをみる
うまく行きそうな　兆しならあるのだが
うまく逃げられそうな　兆しならあるのだが

気まぐれる悲しさは　鼻もちならぬ　ならぬ
悲しさで　他人の胸には　お笑い草
うまく行きそうな　兆しならあるのだが
うまく逃げられそうな　兆しならあるのだが
しみついたぜいたくは　鼻もちならぬ　ならぬ
ぜいたくで　とどのつまり　行きどまり

四季の詩

街は日増しに華やかさを増し
楽しめるムードには事欠かぬが
言葉のたくみさが幅きかせ
信じ難いムードにも事欠かぬ　ひと春ごとに

めぐりめぐる季節は果てしなく
たくす望みは底知れぬが
悩みの種はばらまかれ
底知れぬ望みは底をつく　ひと夏ごとに

三年や四年そこいらの思い出にすがりつき
三年や四年そこいらの見通しにすがりつく

ここぞとばかりに帆をあげて
力の限り進めども
中途半端はまぬがれず
日々の暮らしに気をとめる　ひと秋ごとに

自国の空に見切りつけ

他国の空を仰げども
自国の空に舞い戻り　また
他国の空を羨《うらや》む　ひと冬ごとに

街は日増しに華やかさを増し
楽しめるムードには事欠かぬが
街は日増しにうるおいを欠き
コンクリートの冷たさにも事欠かぬ
めぐりめぐる季節に

三年や四年そこいらの思い出にすがりつき
三年や四年そこいらの見通しにすがりつく

年の瀬

しまい忘れた　風鈴がひとつ
冬の中で泣いてます
今年も暮れるんです

短かすぎた　この春や
悔しすぎた　夏が終りました
今年も暮れるんです

これ以上　やせないように
これ以上　減らないように
これ以上　しゃべりすぎないように

ジングルベルで　気がついて
あの人達に手紙を書きます
今年も暮れるんです

これ以上　やせないように
これ以上　減らないように
これ以上　しゃべりすぎないように

飲んだくれジョニイ

舞台袖に酒がしこたま用意され
飲んだくれジョニイが　舞台へ出て行く
彼女の唄を　二人のために
ブルースを　ブルースを　奴は　今夜も演る

親方は心配顔で　呆れてる
明日は奴の首　切ってやろうか
おふくろの唄を　遠い夜空に
ブルースを　ブルースを　奴は　今夜も演る

明日《あす》は　どの街　どの面さげて唄う
飲んだくれ　ジョニイ

舞台中の灯りは　残らず　落とされ
飲んだくれジョニイは舞台を降りてく
今夜の宿は　彼女の胸
子守唄で　子守唄で　奴は夢を見るのさ

明日《あす》は　どの街　どの面さげて唄う
飲んだくれ　ジョニイ

ねぇ君

ねぇ　お茶にしないか　君
ねぇ　お茶にしないか　君
この頃は　みんな　僕を
昔ほどに　そんなに　嫌ってないみたいだよ
ねぇ　お茶にしないか　君
ねぇ　お茶にしないか　君

ねぇ　三時のお茶にしないか
ねぇ　三時のお茶にしないか
この頃は　みんな　僕と
顔を　会わせるたび　うれしそうだって言うんだよ
ねぇ　三時のお茶にしないか
ねぇ　三時のお茶にしないか

ねぇ　お茶にしないか　君

スーパードライバー５月４日

車　白い車　五月晴れ街道
街医者　二軒　うち　ヤブ一軒
彼女に　ヤブ見破られて　失業　失業　失業
あ～あ　春らんまん

車　白い車　五月晴れ街道
スーパー立ち寄り　うち　万引き一回
彼女　また　ドジ踏んで　失敗　失敗　失敗
あ～あ　春らんまん

レギュラー満タン　¥３，５００
上様できっといてくれ

レギュラー満タン　¥３，５００
上様できっといてくれ

車　白い車　五月晴れ街道
おまわり　呼びとめ　うち　ずらかり一回
彼女に　さんざん　つつかれて　出頭　出頭　出頭
あ～あ　春らんまん

レギュラー満タン　¥３，５００
上様できっといてくれ
レギュラー満タン　¥３，５００
上様できっといてくれ

ステーションホテル

ステーションホテルの窓から
がらあき夜汽車が　すべり出る
部屋の中は逢いびきで
煙草の煙　むせび泣き

ガラス窓の夜空から
北斗七星　流れ星
ふれあう肌の影法師
二人の吐息　赤いバラ

愛しあえた二人から隠された嘘が消えてく
温もりの残った部屋中に　明けてく
朝が忍び込む

ステーションホテルの窓から
一番列車が滑り出る
プラットホーム　朝焼けで
人影まばら　忍び逢い

Whisky Romance

海寄りの部屋は
二人でも一晩一万円　ボラレル
でも　夕陽に　染まる
二人の　赤い　頬は
100万弗　それ以上
ここは　にせ物　でもワイキキの浜辺
二人の心は　ウキウキ止まらぬ
ウキウキ　ウキウキ　ワイキキの浜辺

恋人　ハネムーン
二人は一晩で　すっからかん　文無し
でも　青いヤシの木
揺れる青い空は
100万弗　それ以上
ここは　にせ物　でもワイキキの浜辺
二人の心は　ウキウキ止まらぬ
ウキウキ　ウキウキ　ワイキキの浜辺

muuu　常夏　muuu　常夏
Sun Sun Sun
ここは二人だけの
誰も来ないさ天国

ベタベタの潮風あびて
二人は　浜に出て　Whisky Romance

南国の星くずの夜
ほろ酔い気分は
100万弗　それ以上
ここは　にせ物　でもワイキキの浜辺
二人の心は　ウキウキ止まらぬ

ウキウキ　ウキウキ　ワイキキの浜辺
ウキウキ　ウキウキ　ウキウキ　ウキウキ
ウキウキ　ワイキキの浜辺

雨に唄えば

夜更けそぼ降る小雨　大都会濡らす
ネオンサインに揺れる　Oh　うるわし君の黒髪
ボロボロこうもり止《や》めて　二人雨におどける
街頭カフェ灯し火　Oh　素晴し夏の雨の夜
二人家路たどれば　寂しい気持ちとだえて
燃ゆる口づけに頬染める
Woo Sing in the rain
Woo Sing in the rain

ジャズ喫茶で　シュビドゥワ
二人ひととき雨宿り
パイプの煙に遊ぶ　Oh　愛しき君の微笑み
二人家路たどれば　寂しい気持ちとだえて
燃ゆる口づけに頬染める
Woo Sing in the rain
Woo Sing in the rain

私の風来坊

私のいい人　大酒飲みで風来坊
仕事にあぶれて　さまよって
昼間のうちから　馬鹿になる
ブラリ　ブラリ　ブラリ

私のいい人　子供と大人の●●●●で
無茶して気をひいて　それで夜を
私の胸で泣き明かす

どちらか先に死んじゃうまで
私かあいつかどちらか死んじゃうまで
離れられない　お別れはやってこないわ

私のいい人　帰れる処《ところ》をなくして
私を連れて　何処《どこ》か遠くへ行くんだと話してく
来るたび　来るたび　来るたび

私のいい人　大酒飲みで風来坊
私を抱いて　何時《いつ》か遠くへ行くんだと
夢を見る　酔っぱらって　笑って　抱いて

黄昏マリー

私　さっきから
独りぼっちで
この薄汚れた　酒場で
お酒飲んでるわ
約束の時間まで　まだ
まだあるから

たむろしてる　男達が
からかい半分囁いてる
あの女何処《どこ》の女か　私
何処《どこ》から来たかなんて　知らないわ

頬紅の色は港の女
サンフランシスコ
髪の赤さは　街の女
通り過ぎてく　春を
下町のアパートの窓で
私　泣いたり笑ったりして　きただけよ

風が吹いたら
消えちゃいそうな
私だけの悲しい気持ち
お酒飲んでるわ
約束の時間まで　まだ
まだあるから

私さっきから
独りぼっちで
この薄汚れた　酒場で
お酒飲んでるわ

約束の時間まで　まだ
少しあるから

懐しくない人

君は
僕等の懐しくない人さ

君が僕等を
どんなに懐しい人と
呼んでも
君は僕等の懐しくない人さ

今日も悲しい唄を　唄うさ
君のためじゃなく

だって
君は僕等の懐しい人じゃないから

ローリング ストーンズが鳴ってた

小雨に煙る　寒い日だった
僕は君が　とても欲しくて
海辺へ向けて　ドライブ
君を乗せて　ドライブ
ローリング・ストーンズが鳴ってた

ガラス窓の景色がとんでいく
熱く長い時が流れる
雨をついてドライブ　愛したくてドライブ
とばしすぎると君はふるえてた

どんな風に　愛したらいいのか
どんな風に　愛せばいいのか
わからないまま　ここへ来た
ローリング・ストーンズが鳴ってた

海辺の町で陽が落ちた
僕は最後の煙草をふかす
人目をさけてドライブ　車止めて君にアタック
泣きだす君の手を　握りしめてた

どんな風に　愛したらいいのか
どんな風に　愛せばいいのか
わからないまま　ここへ来た
ローリング・ストーンズが鳴ってた
ローリング・ストーンズが鳴ってた

1977年

DATE SONG

Oh　ちいさな窓の下
目抜き通り　灯りがともる
残りの仕事は　月曜日に　まわして
トイレで髪をとかして　めかして
出かけよう

花の銀座で　ラプソディー
花の銀座で　ラプソディー
明日は休みだ　夜通しラプソディー
今宵こそ　君の唇うばいたい

Oh　デートの費用は
やっと貯めた　なけなし一万円
映画に二千円　食事に三千円
残りで踊って飲んだら　スッカラカン

花の土曜日　ラプソディー
花の土曜日　ラプソディー
明日は休みだ　夜通しラプソディー
今宵こそ　君の唇うばいたい

1978年

Oh　ロマンチックな宵の口
まだまだ　君を放したくない
お家に電話しなよ　送ってもらうからと
心配しないで
二人は子供じゃないからと

花の銀座で　ラプソディー
花の土曜日　ラプソディー
明日は休みだ　夜通しラプソディー
今宵こそ　君の唇うばいたい
今宵こそ　君の唇うばいたい

大都会

それぞれの季節はめぐるけど
春　夏　秋　冬
それぞれの季節はめぐるけど
それぞれ

夜のとばり降りた大都会　いくつもの顔がひしめく
目抜き通り流行《はやり》唄　裏通りは忘れじのブルース

誘い夜風に身をまかせ
ネオンサインの派手さに酔いしれる
夜の深さに身を投げ　今日を忘れ
夜明けと共にしらけ散る

それぞれの季節はめぐるけど
春　夏　秋　冬
それぞれの季節はめぐるけど
それぞれ

帰るあてない旅人達も
帰るすべない飲んだくれ達も
目抜き通り浮かれ風
裏通りは今宵忘れじのブルース

それぞれの季節はめぐるけど
春　夏　秋　冬
それぞれの季節はめぐるけど……それぞれ……

1978年

抱かれた後で

女の方が男より
ドラマがあるわねって
抱かれた後で　おまえはポツリ
煙草の煙の向こうで云うのさ
港が見える二人の部屋
何度目かの冬が舞い降りる

男の方が女より
ロマンがあるわねって
抱かれた後で　おまえはポツリ
髪をとかして云うのさ
紅茶をいれる後ろ姿
昨日《きのう》よりちょっと　やせて見える

男の方も　女の方も
淋しさは変わらないと
抱かれた後で　おまえはポツリ
窓を開けて云うのさ
遠くの空に星がまたたく
つかめそうもないほどに　遠くに
遠くの空に星がまたたく
つかめそうもないほどに　遠くに

さよならマスター

君と僕が初めて踊り明かした
そうだよ　交差点近くの深夜営業の
なじみの店が今夜限りで
店終《じま》うらしい
来週マスターはアメリカへ旅立つらしい
風の便りだから確かなことじゃないけど

行き場所がどこにもなかった仲間達が
心通いあう相手を求めて集まってきた
土曜日の夜のあの賑やかさも
終わってしまうんだね
来週マスターはアメリカへ旅立つらしい
風の便りだから確かなことじゃないけど
素晴しい日々のひとコマひとコマが
あの店と共に消えてく

君と僕が今こうして暮らしているのも
あの交差点近くのなじみの店が
あったからだよ
明日から他の仲間達は
どこへ行けばいいんだろう
来週マスターはアメリカへ旅立つらしい
風の便りだけど確かなことらしい

素晴しい日々のひとコマひとコマが
あの店と共に消えてく

1978年

Morning Soup

Morning Soup　素晴しい朝が来た
君は早起き　僕を起こす
「ダメ、ダメ、ちゃんと顔を洗ってから
それからテーブルについて」
外国みたいな我が家の朝食

Morning Soup　一日の始まりだ
君はお料理上手だね
「平気、平気、そんなにほめなくても
ちゃんとおかわりあるからね」
外国みたいな我が家の朝食

何もしゃべらなくても　みんな解ってしまう
何も聞かなくても
みんな解ってしまう　君と僕となら……

Morning Soup　もうお腹いっぱいだ
君は笑って 僕を見てる
「えらい、えらい、野菜も残さないで
だけどお皿は洗っといてね」
外国みたいな我が家のしきたり

何もしゃべらなくても　みんな解ってしまう
何も聞かなくても
みんな解ってしまう　君と僕となら……

Rhythmic Lullaby

atsusasamusa-mo higan-made
sakasou madobe-ni
yume-no kayoiji
negawakuba negawakuba
towa-no ai towa-no ai

sensa banbetsu tsutsu-uraura
kakeyou kokoro-ni
niji-no kakehashi
negawakuba negawakuba
towa-no ai towa-no ai

暑さ　寒さも　彼岸まで
咲かそう　窓辺に
夢の通い路
願わくば　願わくば
永遠《とわ》の愛　永遠《とわ》の愛

千差万別　津々浦々
架けよう　心に
虹の架け橋
願わくば　願わくば
永遠《とわ》の愛　永遠《とわ》の愛

夜奏曲

さあ　もう灯り落として
ちいさく耳元でささやく愛
こわれ窓ガラスに　おぼろ月
流れ黒髪に口づけて
唄ってあげよう　グッドナイト・ソング
今夜はひとつ　夢枕
ねぇ　天の川越えよう

さぁ　祈りをこめて
彼方の夜空へ届ける愛
隙間《すきま》カーテン　忍びくる春
流れ黒髪に口づけて
唄ってあげよう　グッドナイト・ソング
今夜はひとつ　夢枕
ねぇ　天の川越えよう

ジェット機ビジネス

一番機でフライトなんだ　ビジネス
モノレールで朝陽の街が起きる　ビジネス
あの娘《こ》　まだベッドの中かな

きょうの飛行機　何処《どこ》行きだっけかな　ビジネス
出発ロビーは眠たい　ざわめき　ビジネス
あの娘《こ》と一緒に　飛んでいきたいな

ジェット機　ジェット機　ジェット機　ジェット機
かもめ顔負け　高度一万　時速１０００km
船も汽車もおよびじゃないさ　急いでる　ビジネス

大空の彼方　朝陽に照らされ　ビジネス
機内サービス　紅茶で目をさます　ビジネス
スチュワーデス　あの娘《こ》程じゃないな

ジェット機　ジェット機　ジェット機　ジェット機
かもめ顔負け　高度一万　時速１０００km
船も汽車もおよびじゃないさ　急いでる　ビジネス

いつか笑える日

浮き沈みの毎日に　励まし合うことばも
口からでた時にゃ　からいばりさ
一人のさみしさならば　飲んだくれて眠るさ
二人のさみしさだから　かなしばりさ
又　ひとつ　ふみこたえ　又　ひとつのりきって
いつか笑える日まで　今いる日々を

今日のところは　何もかも忘れて
飲み明かしたところで　苦酒さ
だまりがちの暮らしに　おまえは腕をからます
なぐさめだとしても　深い絆さ
又　ひとつ　ふみこたえ　又　ひとつのりきって
いつか笑える日まで　今いる日々を

流浪

満ち引く　潮に乗り　流れ行く船
次の港で　落ち着くだろうか

灯火《ともしび》　灯《あか》りは　家の灯《ひ》か
一家団欒　やすらぎだろうか

運が良くても　悪くても
運が良くても　悪くても
行きつく先は知らぬとて　こことはおさらば

風向き変われば　すぐさま船出さ
港に残るほど　老いぼれちゃいない

運が良くても　悪くても
運が良くても　悪くても
行きつく先は知らぬとて　こことはおさらば

Blues が似合いなのさ
港を出る夜は　そんな別れをいくつ数えるだろう

永い夢

時の流れはとめどなく
流れにまかれずとも　君を僕を変えた
同じ夜に違う夜を感じ始めたのは　いつからか

こんな気持ちになるなんて
こんな気持ちになるなんて
思いもよらなかったさ
思いもよらなかったさ

君は君で正しいのだし
僕は僕で正しいはずさ
だからさ　二人で　同じ道は歩けないさ

こんな気持ちになるなんて
こんな気持ちになるなんて
思いもよらなかったさ
思いもよらなかったさ

良い時も　悪い時も
二人だから乗り越えてきた

愛していることは　変っちゃいない
愛されているのも　知っているさ
暮しならばやり直せるけど
心だから取り戻せないさ

こんな気持ちになるなんて
こんな気持ちになるなんて
思いもよらなかったさ
思いもよらなかったさ

今何を　今何を　今何を　今何を
君に言えば　いいのだろう
今何を　今何を　今何を　今何を
君に言えば　いいのだろう

ひぐらし

降って止まぬ　蝉時雨　降られて悔し　日本晴れ
ふってわいた　幸運は　うって変わって　不運

勝手気ままな　ひぐらし
酔って君を想って　夜通し
あっという間の夕立
去って帰らぬもの達

真夏の独特のいら立ちの中を
みんな　脇目もふらないで
涼を求めて　涼を求めて　涼を求めて
みんな我先にと　雲隠れ……

待っているんだ夏祭り
散ってはならぬぞ　ヒマワリ

真夏の独特のいら立ちの中を
みんな　脇目もふらないで
涼を求めて　涼を求めて　涼を求めて
（どこか）我先にと　雲隠れ……

降って止まぬ　蝉時雨　降られて悔し　日本晴れ
ふってわいた　幸運は　うって変わって　不運

勝手気ままな　ひぐらし
酔って君を想って　夜通し

年賀状

今年の僕のお正月は
門松を立てないお正月でした
初詣の玉砂利の音が
冷たく冷たく　響いたので
一年の計は
元旦には無かったのであります。

Mr. ベースマン

奴は出かけるじまんの車で
真赤なプリンス64年
財布をはたき　ガソリン買って
仕事場へ　仕事場へ　いそぐ

奴の仕事はいかしたベース・マン
口ひげ帽子サングラスで　ステージに立つ
心をこめて奴はやる
今夜もいかしたグッド・タイム
ロックンロール

ヘイ　ミスター・ベース・マン
やっておくれよ

ヘイ　ミスター・ベース・マン
やっておくれよ
お前の作った　いかしたあのラブソング

奴は愛するあの娘に片思い
しゃべるのが下手で　生きるのが下手で
いつも笑っては泣きをみる
けれど優しさ　いつかは届くさ

奴は帰る仕事を終えて
真赤なプリンス　いつものハイ・ウェイ
いつの日にか　可愛いいあの娘
のせて帰れるさ　月夜のハイ・ウェイ

ヘイ　ミスター・ベース・マン
やっておくれよ
ヘイ　ミスター・ベース・マン
やっておくれよ
お前の作った　いかしたあのラブソング

ヘイ　ミスター・ベース・マン
やっておくれよ
ヘイ　ミスター・ベース・マン
やっておくれよ
お前の作った　いかしたあのラブソング

1980-1989

しゃかりき

今夜もお前の身体はう
のけぞる夜は　宙を舞う
みだらにさぐるその指
ふしだら二人ア・ソ・ビ
Ah　Ah みるも激しくのたうつ
胸も狂おしく脈うつ
せがむ夜ふけの腰つき
からむみだらな指さき

Ah　夜にしゃかりき　Ah　二人しゃかりき
心置き去りに燃え上がる夜……しゃかりき

耳をすませば聞えそー
目を閉じれば　見えてきそー
打ち寄せるさざ波の音
こぼれ落ちる星くずの屋根

Ah　恋にしゃかりき　Ah　夜にしゃかりき
心置き去りに燃え上がる夜……しゃかりき

今夜もお前の身体はう
のけぞる夜は　宙を舞う
みだらにさぐるその指
ふしだら二人ア・ソ・ビ……

セルフポートレート

企業の犬どもときたら
私腹を肥やしたいため
魂さえ売りさばき　利益を得る
思惑どおり　見積もりどおり

利益の行方ときたら
下っぱの俺たちにゃ
うわっつら拝まされ　闇に消される
思惑どおり　見積もりどおり

NO DANCE NO NO DANCE
NO DANCE NO MORE DANCE
NO DANCE　二度と踊らない
踊らされても

てめえの事だもの　てめえで片づけるさ
どこにも所属しねえ　誰にも属さねえ
俺は俺の女を連れて　食っていくだろう

NO DANCE NO NO DANCE
NO DANCE NO MORE DANCE
NO DANCE　二度と踊らない
踊らされても

見てみろよ表を　真夏の街角でも
銭も何もねえのに　あのガキ共ときたら
今夜だけだとしても　祭り騒ぎさ
昔のあんたでも　探してみろよ

NO DANCE NO NO DANCE
NO DANCE NO MORE DANCE
NO DANCE　二度と踊らない
踊らされても

別人

俺の脳ミソ　レヴォリューション
ぶちこめ最強ミサイル
ひとっかけらもなく　木っ端微塵

生み落とす精鋭　コミュニケーション
感じる鮮烈　バイブレーション
打ち砕くけちくさい　プレッシャー

Oh! 俺は別人　Oh! 見知らぬ別人
Oh! 今夜別人　Oh! 無敵の別人
20世紀末　流れ出してる夜　夜　夜……

はき出す蓄積　フラストレーション

巻き起こす　一大センセーション
詰め替える俺の脳細胞

奴等の宇宙へ　デモンストレーション
つきさせ最新　インフォメーション
打ち上げる空飛ぶ　メッセージ

Oh! 俺は別人　Oh! 見知らぬ別人
Oh! 今夜別人　Oh! 無敵の別人
20世紀末　流れ出してる夜　夜　夜……
俺の脳ミソ　レヴォリューション
ぶちこめ最強ミサイル

ひとっかけらも無く　木っ端微塵

カビ

夏に冬を過ごし　冬に夏を感じる
インテリアの植物園でも心なごむ

気持ち沈む日のワイン　身体もたぬ日のビタミン
ビデオとオーディオセットで夜を越せる

まぎれ込んだ幸福《しあわせ》なら失いたくない
生まれながらの不幸福《ふしあわせ》なら逆手に取っとく
めぐまれてる分だけ　やさしく出来る

カビの生え出す頭　カドの取れ出す頭
メカニックにたけてりゃ
そりゃ暮らしも高まる……が

まぎれ込んだ幸福《しあわせ》なら失いたくない
生まれながらの不幸福《ふしあわせ》なら逆手に取っとく
めぐまれてる分だけ　やさしく出来る

うまくいかない事　人のせいにしとく

プラトニックの女達じゃ　腰もうずく
夏に冬を過ごし　冬に夏を感じる
インテリアの植物園でも心なごむ

黴　華美　過美　黴　華美　過美
黴の生えだす頭　角のとれ出す顔
黴　華美　過美　黴　華美　過美
美し過ぎて君がこわい

BGM

ポップスを書かねえと　ポップスを唄わねえと
甘いメロディー　とろける節まわし
小娘達が聴き惚れそーなポップス

ポップスを書かねえと　ポップスを唄わねえと
甘い言葉　ほろ苦い云いまわし
ドライブがてらに心地の良いポップス

さみしさ売って情けを買おう
まじめはみじめ　明るい振舞い
醜さ隠して　綺麗にやろう

ポップスを書かねえと
そうだ　ポップスを唄わねえと
夏に浜辺　冬にゲレンデ
ジュークボックスから　流れるような

ポップスを書かねえと　ポップスを唄わねえと
レコード会社に　売り込みに行こう
いっぱつ当てて　家でもぶっ建てよう

さみしさ売って情けを買おう
まじめはみじめ　明るい振舞い

醜さ隠して　綺麗にやろう

ポップスを書かねえと　ポップスを唄わねえと
ヒットチャートをかけ上がるやつ
恋人達へステキなＢＧＭ

ポップス　ロリポップス　ポップス
甘くて可愛いポップス　ロリポップス
…………………………
…………………………
…………………………

ティーンエイジャー

ティーンエイジャーだった頃のように
ボーイフレンドにしておくれよ
ダンスに映画　クリスマスパーティー
抱きしめたい気持ちだけで良かった
ねえ　ボーイフレンドに戻らせて今夜

ティーンエイジャーだった頃のように
ガールフレンドになっておくれよ
恋に落ちたら恋する二人
他に何もいらなかった
ねえ　ガールフレンドに戻ってよ

学校は卒業したけれど
ハッピーバースデイは重ねているけど
何を卒業したんだ……

ティーンエイジャーだった頃のように
夏なら　おまえはサーファーガール
俺は無理して　ビーチボーイ
月の渚でまた恋に落ちるのさ

ねえ　ボーイフレンドに戻らせて　今夜
ねえ　ガールフレンドに戻ってよ　唯の
ねえ　ボーイフレンドに戻らせて　もう一度
ねえ　ガールフレンドに戻ってみてよ

秘密

ヒミツを持とう 二人だけの
おまえと俺だけのヒミツを
匿し事をしよう いい事企てよう
他の誰にも暴かれぬような
ヒミツを持とう 今日から
二人だけが知ってるヒミツを
隠れ蓑を着よう 口裏合わせよう
奥歯に物を挟んでしゃべろう

Ah おまえを愛してる Ah おまえだけ愛してる
Ah たった一人 愛してる

ヒミツを守ろう 二人で 永遠なる二人のヒミツを
いい逃れ探そう 狭い心持とう
腹を割らずに彼等と話そう

Ah おまえを愛してる Ah おまえだけ愛してる
Ah たった一人 愛してる……

Ah おまえを愛してる Ah おまえだけ愛してる
Ah たった一人 愛してる……
ヒミツを持とう……
腹を割らずに彼等と話そう

早く帰りたい PART II

メインストリートじゃ　ならず者達は締め出され
追い払われ　差別され区別され
やり直そうとすれば　古傷までなめまわされる
Ah! 早く帰りたい　Ah! 早く帰りたい

バックストリートじゃ　欲をむさぼる奴等が
招き入れ陥し入れ　だましてもうけて
あぶく銭の中で
世間をいつも笑っていやがる
Ah! 早く帰りたい　Ah! 早く帰りたい

ふざけた上司は
力の無い下っぱをおだてて　使って持ち上げ吸い上げ
ガタがくりゃ　その日のうちにもお払い箱にしやがる
Ah! 早く帰りたい　Ah! 早く帰りたい

ふざけたガキは要領覚え
楽してさぼって文句たらして遊んで
おいしい話を耳にすりゃ
その日のうちにもずらかっちまいやがる
Ah! 早く帰りたい　Ah! 早く帰りたい

新し物好き流行《はやり》物に手を出す
ニューヨーク　ロンドン　ベルリン
ジャマイカ　パリ
誰より早くキャッチすることこそ
奴等の価値となる
Ah! 早く帰りたい　Ah! 早く帰りたい

新し物アレルギー流行《はやり》物に手をやく
仕来《しき》たり　慣わし　常識　格式
はみ出した新しさにゃ
非常識のレッテル貼りやがる
Ah! 早く帰りたい　Ah! 早く帰りたい

名前の無いストレイキャッツは
飯の種を求め頭を下げ しっぽを振り
こびまくって へつらって生き延びていくため
腐った肉さえ争い喰いちぎりあさる
Ah! 早く帰りたい　Ah! 早く帰りたい

毛並のいいサラブレッドは飯の種にあふれ
腹を満たし　欲を満たし　太って　着飾って
暑さ寒さなど窓の外の出来事 いつだって
Ah! 早く帰りたい　Ah! 早く帰りたい……

MY HOME

狭いながらも
楽しい我が家さ
まして二人なら

ここでこそ俺は
晴れて自由の身さ
誰の目も届かぬ

窓の外　輝く物すべてここなら
みんな俺だけの物さ

バイバイ世の中
ハロー　スウィートマイホーム
社会もへったくれもねぇ

星も月も風も夜の静けささえ
みんな俺だけの物さ

狭いながらも
楽しい我が家さ

おまえの胸で眠るさ
おまえの胸で眠るさ
おまえの胸で眠ればいい

月夜のハイウェイドライブ

月夜のハイウェイドライブ
月夜のハイウェイドライブ
月夜のハイウェイドライブ

もうずいぶん二人一緒にいるようで
おまえの匂いみんな覚えたさ

バラを持って帰ると喜ぶなら
いつか花屋と顔なじみさ

みんな思い出になるくらい
みんな思い出になるくらい
一緒に出かけよう

月夜のハイウェイドライブ
月夜のハイウェイドライブ
月夜のハイウェイドライブ

友達は旅に出たまま　戻って来ない
みんないつか離ればなれさ

また夏が来たら　おばさん探して
ひと晩中　月見酒だね

みんな思い出になるくらい
みんな思い出になるくらい
一緒に出かけよう
みんな思い出になるくらい
みんな思い出になるくらい
遠くへ出かけよう

月夜のハイウェイドライブ
月夜のハイウェイドライブ
月夜のハイウェイドライブ
君は眠っちまったの？　何処《どこ》らへんかね……

月夜のハイウェイドライブ
何処《どこ》へも行けないかも……
何処《どこ》へも行けないかも……

月夜へハイウェイドライブ　早く遠くへ
月夜のハイウェイドライブ
何処《どこ》へでも行けるかも……

ONE NITE BLUES

八月の海を背にして眠ったんだ
朝が来るまで
車の音を子守歌に

防波堤の長いベッドで
あの娘《こ》想い出して
泣き出す心　殺して夜

大磯まで逃げられりゃ
逃げきれるはずなのに
久里浜年少　久里浜年少
ONE NITE BLUES

はめられてパクられて
ユニフォームと麦舎利《ばくしゃり》で
頭　塗り変えられて

事無かれの団体主義は
表情の無い顔につけ変える
逆らえば　心引き裂かれて

大磯まで逃げられりゃ
逃げきれるはずなのに
久里浜年少　久里浜年少
ONE NITE BLUES

八月の夜明けの海は
遥か遠く輝いて見えて
あの娘《こ》　会えそうな気がした
あの娘《こ》　すぐに抱けそうな気がした

大磯まで逃げられりゃ
逃げきれるはずなのに
久里浜年少　久里浜年少
ONE NITE BLUES

GLORY DAY

心にも無い事　言い合って
引き止め会おうとしたんだな
Oh Yeah　あたりさわりの無い夜だな

俺が大事だって言ってくれたけど
違うな　自分が大事なんだな
俺も同じだから　あたりさわりの無い夜だな

それでもあの日もう一度　君とやり直してみたくて
夜中に訪ねたんだ……
夜中に訪ねたんだ……
君を訪ねたんだ……

聞きたい事は山程　聞かせたい事は山程
二人は胸につかえ　きり出す事も出来ず

二人の生き方の違いは　事さら事さら広がって
語り合う言葉も　あたりさわりの無い夜だな

あまりに感じ合った　別れのきざしに
涙もこぼれない　腹も立たない
しゃべり過ぎれば
あたりさわりのある夜だな

それでもあの日ほんとに心を開いてみたくて
夜中に訪ねたんだ……
夜中に訪ねたんだ……
君を訪ねたんだ……

君を起こしたくて　君を起こしたくて
車をとばしたんだ　車をとばしたんだ
あの頃の俺達へ　輝いてたあの頃へ
車をとばしたんだ

輝け俺にダイヤモンド
輝いていたあの頃へ
車をとばしたんだ……
輝け俺のダイヤモンド……
君を乗せてとばすんだ……

打破

変りばえのしねえ 判で押した毎日
いい加減 打破 打破 打破

世界中のヤバイＮＥＷＳも 茶の間のＴＶで知る
14インチ分程度のＮＥＷＳさ

退屈しのぎにゃ 他人の不幸をのぞく
俺にゃ痛くもかゆくもねーもんな

欲しいものは手に入るし
欲しくねーものも目に入る
沁《し》み込んでる 贅沢三昧

退屈しのぎにゃ 他人の不幸をのぞく
俺にゃ痛くもかゆくもねーもんな

俺の出来る事といやぁ 紙の上で唄を描きあげ
ロックバンドで騒ぐ事ぐらいさ

変りばえのしねえ 判で押した毎日
いい加減 打破 打破 打破
いい加減 打破 打破 打破
いい加減 打破 打破 打破

遠い叫び

何の罪も無いはずなのに
何らかの罰を受けてる
自分で蒔いた種でもないのに
咲き乱れた花摘まされる

知らないこともいえないが
片棒かついだ覚えは無い
自由を高く買わされた気もするが
心まで安く売った覚えは無い

Hey Hey　くたばって　おさらばするまで
誰の手にもかからない　遠い夜を彷徨《うろつ》いてる
知らないだろう永遠のならず者達を……

ゆるせない仕打ちでもないが
癒せる傷でもあるまい
泣けそうな夜には女抱いて
このちんけな娑婆から高飛びさ

Hey Hey　くたばって　おさらばするまで
誰の手にもかからない　遠い夜を彷徨《うろつ》いてる
知らないだろう永遠のならず者達を

何の罪も無いはずなのに
何らかの罰を受けてる
自由を高く買わされる気もするが
心まで安く売りとばす腹は無い

ギブソン（CHABO'S BLUES）

何をみんなツベコベ
そういう俺もツベコベ
それより金でも貯めて
あのショーウィンドウの
ギブソン　手に入れ
あの娘《こ》に　BLUESを聞かせよう

いつしかみんなアベコベ
気が付きゃ俺もアベコベ
それなら金でも貯めて
あのショーウィンドウの
ギブソン　手に入れ
あの娘《こ》に　BLUESを聞かせよう

誰の望みも底無しで
誰の望みも底をつく
それなら金でも貯めてせめて
あのショーウィンドウの
ギブソン　手に入れ
あの娘《こ》に　BLUESを聞かせよう

何をみんなツベコベ
そうゆう俺もツベコベ
それより金でも貯めて
あのショーウィンドウの
ギブソン　手に入れ

あの娘《こ》に　BLUESを聞かせよう
ギブソン　手に入れ
あの娘《こ》に　BLUESを聞かせよう

1990-1999

ホームタウン

ジェファーソン・エアプレインに　飛び乗って
緑の広場に　着陸できたら
風と月の Cafe で　お茶でも飲もう

そこが俺の　ホームタウン
そこが俺の　ホームタウン

気の狂った馬に　跨がって騒いで
トレビの泉で　落ち逢えたら
ギターを手に入れ　バンドで遊ぼう

そこが俺の　ホームタウン
そこが俺の　ホームタウン

ピンクのキャデラックで
夜明けをぶっ飛ばして
全ての支配者達　煙に巻いたら
偽物セントラルパークで　恋をしよう

そこが俺の　ホームタウン　確か
そこが俺の　ホームタウン

夜空の終列車に　乗り込んで
迷子の天使達　見つけ出したら
新しい家に　連れて帰ろう
そこが俺の　ホームタウン　確か
そこが俺の　ホームタウン　確か
そこが俺の　ホームタウン　だって
そこが俺の遠い　ホームタウン

俺の　ホームタウン
遠い　ホームタウン
浮かぶ　ホームタウン
沈む　ホームタウン
俺の　ホームタウン
遠い　ホームタウン……

夜のピクニック

魅惑の夜は　お前を連れて
ベッドを抜け出して　遠い星まで歩いて行こう
知らない国への　とても奇妙な
不思議なピクニック　夜のピクニック

光差し込む夜は　お前を誘って
ベッドを抜け出して　どこの星へ歩いて行こう
知らない国への　とても奇妙な
不思議なピクニック　夜のピクニック

着の身気ままに　肩の荷を降ろして
あるはずのない　海で山で遊ぼう
Ah　お前と　この限りある

帰りの時間まで　それまで

妖しい夜は　お前を起こして
ベッドを抜け出して　違う星まで歩いて行こう
知らない国への　とても奇妙な
不思議なピクニック　夜のピクニック

着の身気ままに　肩の荷を降ろして
あるはずのない　海で山で遊ぼう
Ah　お前と　この限りある
迎えの車が来るまで　それまで

光を感じた夜は　お前を連れて
ベッドを抜け出して　遠い星まで歩いて行こう
知らない国への　とても奇妙な
不思議なピクニック　夜のピクニック

ジャングル

俺の秘かな遊び場さ　yeah yeah yeah
確実に　獲物を撃つ
他とは違う
別の秩序とルールを　手にする
そこは無国籍
ジャングル　ジャングル　ジャングル

俺の秘かな遊び場さ　yeah yeah yeah
確実に　鋭気を得る
他ではありえぬ
無限の力と知恵　手にする
そこは無国籍
ジャングル　ジャングル　ジャングル

滅びゆく大地を耕し
流れを変え　草木を植えよう
古い意識のハーレムを出て
新たな意識を祝おう　俺のジャングルで

俺の秘かな遊び場さ　yeah yeah yeah
確実に　敵を撒く
他では見られぬ
無類の静けさ　目にする
そこは無国籍
ジャングル　ジャングル　ジャングル

滅びゆく大地を耕し

流れを変え　草木を植えよう
古い意識のハーレムを出て
新たな意識を祝おう　俺のジャングルで
入れ！　俺のジャングルに　深く入れ！
ジャングル　俺のジャングル

入れ！　俺のジャングルに　深く入れ！
入れ！　俺のジャングルに　深く入れ！
入れ！　入れ！　入れ！　ジャングル
俺のジャングル　深くジャングル
入れジャングル　俺のジャングル
俺のジャングル

ムード21

世界中が躍起になって　騒いでるこの時期
明日のこと平和のことで　躍起になってる
経済　貿易　国交回復
宇宙開発　資源開発　その他　諸々
人々は積極的に　躍起になってる

そんな時　困ったことに　俺ときたら
そんな時代に　生きてるくせに　俺ときたら
引っ込み思案

無い物など　何もないほど　一見豊かで
そこそこの自由も　そこそこ味わえる
仕事　趣味　恋愛　芸術
スポーツ　レジャー　その他　諸々
その気になれば　そこそこの自由も味わえる

そんな時　困ったことに　俺ときたら
そんな時代に　生きてるくせに　俺ときたら
引っ込み思案

何も変じゃない　誰も変じゃない
俺も変じゃない　特別変じゃない
いい事も悪い事も　大差はない
それ程ない

この星のエネルギーが　底をついても

人類の進歩は　底知れぬ
科学の発達　技術の改革
頭脳の開発 意識の革命
人類の進歩は　底知れぬ

そんな時　困ったことに　俺ときたら
そんな時代に　生きてるくせに　俺ときたら
引っ込み思案

何も変じゃない　誰も変じゃない
俺も変じゃない　特別変じゃない
いい事も悪い事も　大差はない
それ程ない

今こそ世界中が　手を結び
この星の未来を　探すとき

公害対策　政治の建て直し
宇宙開発　資源開発　環境保護　諸々
今こそ世界は　目を覚ませ

そんな時　困ったことに　俺ときたら
そんな時代に　生きてるくせに　俺ときたら
引っ込み思案

引っ込み思案　今時
引っ込み思案
引っ込み思案
引っ込み思案
引っ込み思案引っ込み思案　Oh……

少女達へ

ボーレ　むさぼーれ
ボーレボーレ　むさぼーれ
ボーレボーレ　むさぼーれ
ボーレボーレ　むさぼーれ

優美　隠微に　むさぼーれ
究極の快楽を　ふしだらに
歪んで　むさぼーれ　とこしえの快楽を

ボーレ　むさぼーれ
ボーレボーレ　むさぼーれ
ボーレボーレ　むさぼーれ
ボーレボーレ　むさぼーれ

優美　隠微に　むさぼーれ
究極の快楽を　ふしだらに
歪んで　むさぼーれ　行きつくまでの　快楽を

ごたくならべ　強がりすぎ行く
虚しき無意味な夜より
遥かな宇宙へ　突き刺さる
希望の思想を　胸に抱いた
無邪気な君の心　信じよう　Oh yeah

ボーレ　むさぼーれ
ボーレボーレ　むさぼーれ
ボーレボーレ　むさぼーれ

ボーレボーレ　むさぼーれ

優美　隠微に　むさぼーれ
究極の快楽を　ふしだらに
歪んで　むさぼーれ　とこしえの快楽を

生き抜くスピードに　及びもつかぬ
力なき　はかなき言葉より
遥か宇宙へ　突き刺さる
希望の思想を　胸に抱いた
無邪気な君の心　信じよう Oh　yeah

ボーレ　むさぼーれ
ボーレボーレ　むさぼーれ
ボーレボーレ　むさぼーれ
ボーレボーレ　むさぼーれ
ボーレボーレ　むさぼーれ
むさぼーれ　むさぼーれ
むさぼーれ　むさぼーれ　むさぼーれ

グロテスク

グロテスク　グロテスク　グロテスク
グロテスク　グロテスク　グロテスク

世界は　社会は　グロテスク
画面は　場面は　グロテスク
やり口　手口は　グロテスク
レポーター　キャスター　グロテスク
日増しに　見出しは　グロテスク
フィクション ノンフィクション　グロテスク
見てる俺さえ　グロテスク

グロテスク　グロテスク　グロテスク
グロテスク　グロテスク　グロテスク

紳士は　淑女は　グロテスク
爽やか　しとやか　グロテスク
裕福　たらふく　グロテスク
不和不和　平和は　グロテスク
純愛　恋愛　グロテスク
ノーマル　アブノーマル　グロテスク
ホザいてる俺こそ　グロテスク

理由なき　まして　たわいなくも　ありえる狂気の
無知の涙と微笑み　それさえ
やがて売りに　出されるだろう
俺もそれを買う　一人かも
誰もがそれを　楽しむかも

だからって　どうって事でもない
そういうグロテスク

世界は　社会は　グロテスク
画面は　場面は　グロテスク
やり口　手口は　グロテスク
レポーター　キャスター　グロテスク
日増しに　見出しは　グロテスク
フィクション　ノンフィクション　グロテスク
見てる俺こそ　グロテスク

理由なき　まして　たわいなくも　ありえる狂気の
無知の涙と微笑み　それさえ
やがて売りに　出されるだろう
俺もそれを買う　一人かも
誰もがそれを　楽しむかも
だからって　どうって事でもない
そういうグロテスク

慕情

ほら　ねぇ　来てごらん
はやく　ねえ　こっちへ
今夜　空に　穴があいたよ
僕らが　通り抜けられそうな

ほら　ねぇ　見てごらん
はやく　ねえ　窓の外
今夜　空に　穴があいたよ
そっと向こう側　覗いてみようか

君の大切な人が　僕らを見て　微笑んでる
さあ　泣きやんで
君の大切な人が　僕らを見て　微笑んでる
さあ　泣きやんで　みんなを連れて

ほら　ねぇ　来てごらん
はやく　ねえ　見てごらん
今夜　空に　穴があいたよ
僕らが　通り抜けられそうな……

ねぇ　HISAKO

悪い夜の熱に　うなされながら
帰って来たのさ　今夜

深い夜空の明かりに　導かれて
危ない橋渡って　帰ったのさ

Oh　声の限り　yeah　叫べばいいさ
すぐに行くよ　急いで行くよ
助けに行くよ　ねぇ　HISAKO

悪くはない人達に　見送られながら
今日で　この旅　終えるのさ

消えてしまいそうな 帰りの道たどりながら
峠を越えて　帰ったのさ

Oh　声の限り　yeah　叫べばいいさ
すぐに行くよ　急いで行くよ
助けに行くよ　ねぇ　HISAKO
暗やむにっくき六月を　飛び越えて
まぶしく輝く 光の大地を訪ねよう
涙の河など　振り返らずに

悪い夜の熱に　うなされながら
危ない橋渡って　帰ったのさ

舞い上がってった天使と 引き替えにまぎれ込んだ
この見知らぬ 迷子の命育てよう

Oh Woo Woo
すぐに行くよ 急いで行くよ
助けに行くよ ねぇ HISAKO

自由の風

シャバダバダ　シャバダ　シャバダバダってば
シャバダバダ　シャバダってば
シャバダバダ　シャバダ　シャバダバダってば
シャバダバダってば

何はなくても　ここにお前といれば
今までと違う　明日の景色に　出会えるかも
ここにいればこそ　とにかく
娑婆《しゃば》の風を浴びてればこそ

シャバダバダってば

エピローグ

たかが知れてる社会に　たかが知れてる自由さ
けちな都をうつむき歩く　俺もたかが知れてる
去り行く君に　エピローグを捧げよう

誰を責めても虚しい
昨日を悔やんでも意味がない
けちな都で浮いてる　痩せた空元気も虚しい
去り行く君に　エピローグを捧げよう

まぶしい季節を歌おうか　燃えたぎる情熱を
蒼く輝く都を駆け抜ける　遠い夏がまぶしい
去り行く君に　エピローグを捧げよう

思い出せない人達　忘れられないひととき
けちな記憶にさまよってる
古き新しさなぞってる
去り行く君に　エピローグを捧げよう

今夜ダンスを踊ろう　ここでダンスを踊ろう
今こそダンスを踊ろう
もう一度ダンスを踊ろう　今こそ

とぼけてあそこにつっ立ってる奴は
新宿署の敏腕さ
たむろす都　浮かれ道行く　俺達が鼻につくらしい
去り行く君に　エピローグを捧げよう

誰も数を競ってる　どこも数で争ってる
けちな都を駆け抜けりゃ　俺も数に怯えてる
去り行く君に　エピローグを捧げよう

今夜ダンスを踊ろう　ここでダンスを踊ろう
今こそダンスを踊ろう
もう一度ダンスを踊ろう　今こそ

たかが知れてる社会に　たかが知れてる自由さ
人の為にと家を出といて　自分の為に生きてる
去り行く君に　エピローグを捧げよう

たかが知れてる社会に　たかが知れてる自由さ
けちな都をうつむき歩く　俺もたかが知れてる
去り行く君に　エピローグを捧げよう

去り行く君に　エピローグを贈ろう
去り行く時代へ　エピローグを捧げよう
これが君へのプロローグになれ
去り行く君へ　エピローグを捧げよう……

ホーボーへ
（アメリカン・フォークソングへのレクイエム）

他へ行こう 他へ行こう 他へ行こう
他へ行こう 他へ行こう 他へ行こう
どこへでも ホーボーへ ホーボーへ

この太った産業社会の 屋根の下
無数の夜の隠れ家で うごめく夜の兄弟
夢敗れし人の住む街
皿の上 何よりのご馳走 好物の自由を食べて

他へ行こう 他へ行こう 他へ行こう
他へ行こう 他へ行こう 他へ行こう
どこへでも ホーボーへ ホーボーへ

そのきらめく鉄と石 セルロイドの森の中
命の家族の待つ戸口で 眠りにつく夜の兄弟
夢壊れし人の帰る丘
皿の上 何よりのご馳走 好物の自由を食べて

他へ行こう 他へ行こう 他へ行こう
他へ行こう 他へ行こう 他へ行こう
どこへでも ホーボーへ ホーボーへ

月の砂漠でいっぷく 太陽の岸辺で水浴び
ダイヤモンドの墓石枕に
キャンプする夜の兄弟
夢追いし人の幻の街
皿の上 何よりのご馳走
好物の自由をさあ食べて

他へ行こう 他へ行こう 他へ行こう
他へ行こう 他へ行こう 他へ行こう
どこへでも ホーボーへ ホーボーへ
ホーボーへ ホーボーへ 方々へ

スケッチ'89・夏

お別れの　何か告げてる　目の涼し
お別れの　何か告げてる　目の涼し
車は今
調布インターチェンジに
さしかかったところさ

菊手向《たむ》け　心遣《づく》しの　野辺送り
菊手向《たむ》け　心遣《づく》しの　野辺送り
車は今
調布インターチェンジに
さしかかったところさ

コラもっと　日陰歩けよ　黄泉《よみ》の道
コラもっと　日陰歩けよ　黄泉《よみ》の道
車は今
調布インターチェンジにやっと
さしかかったところさ

ラジオと　武蔵野の夕空と
そしてお前が　夏の終わりを知らせてる
夏……　夏……　夏……
コラ！　hey　コラ！　コラ！　……

潮騒

誰もお前を　からかったりしない
お待ちかねブラウス　夏の風にひる返して
今日一日　海にでも居ようよ　ねぇ
遥か沖まで　ボートを漕ぎだそうか
二人だけでさぁ

誰もお前を　傷つけたりしない
待ちわびた麦わら　夏の光にひる返して
今日一日　海にでも居ようよ　ねぇ
遥か沖まで　ボートを漕ぎだそうか
休みの国まで

過ぎ行く太陽の季節　過ぎ去る太陽の季節
過ぎ去った太陽の季節

誰もお前を　追いつめたりしない
はき忘れサンダル　夏の坂道駆け下りて
今日一日　海にでも居ようよ　ねぇ
遥か沖まで　ボートを漕ぎだそうか
休みの国まで

過ぎ行く太陽の季節　過ぎ去った太陽の季節
短い太陽の季節　過ぎゆく太陽の季節……

うぐいす

快復の午後に　時間をぶっつぶしてたら
手招きする空で 雲が急に光ったんで
新しい　奇跡の前ぶれ感じたのサ
うぐいす一声　鳴いたような気がする

夢の通い路　うろつき廻ってたら
果てしなき野原で　風が急に起ったんで
新しい　oh　奇跡の前ぶれ感じたのさ
向日葵の花　一面咲いてた気がする

みんな　しびれをきらしている　oh-
みんな　しびれがきれてる

変革の真只中　計画を練ってたら
からっぽ夏の待ち合い室　友達が急に現われたんで
新しい　oh　奇跡の前ぶれ感じたのさ
壁に貼った英雄の　似顔絵落ちた気がする

みんな　しびれをきらしてる　世界中
みんな　しびれがきれてる

快復の午後に　時間をぶっつぶしてたら
神様のハイウエイ　雲が急に光ったんで

それで……　それで……
それで……

ライナーノーツ

僕の〝幻のぬめき通り〟は、距離にして
わずか500〜600mというところだろうか。
新宿三丁目の交差点から
東口はグリーンパークあたりまで、
そこにたかが二十五年、あるいは、
なんと二十五年の景色が
浮かんでは消え、そしてまた浮かぶ……。

紀伊國屋書店前の出来たてのエスカレーターの下で、
何度もすれ違った銀座はみゆき通り経由で
やって来た、タイトロングスカートの、
あの陽に焼けた彼女達は、今日いったい何処で
踊っているんだろう?

三越の裏手にくすんだ色をして建っていた
〝風月堂〟で、
僕に思想やら時代やら恋愛論を一席ぶった
何とか派の戦士達は、
今日いったい何処で夜を明かしたんだろう?

グリーンハウスで僕に言葉の自由とはかなさを
教えてくれた、
花の子供達は今日いったい何処で
空を見ているんだろう?

それ程までにもけばけばしい
ピンクゾーン地帯ではなかったはずの、

僕の〝第二のめぬき通り〟歌舞伎町は
〝トレビ〟や〝クレージーホース〟の
人工天国の入口は
今日いったい何時に開くんだろう？

僕のずーっと欲しかった、
丸井の五階のショーウインドーに飾ってあった、
テスコの茶色のセミアコのエレキギターは
今日いったい何処に飾ってあるんだろう？

本物のやくざ達にからまれ乍らも、
あんなに無邪気な笑顔で、
僕や僕等と遊んだあの限りない希望を
胸に秘めた少女達は、
今日いったい何処で笑っているんだろう？

出来たての副都心中央公園で
アメリカはニューヨークごっこをしてふざけた
ガールフレンド達やボーイフレンド達は、
今日いったい何処で抱き合っているんだろう？

出来たての首都高速を急がば廻れもせずに、
僕の短い夢を乗せて
あっという間に消えて行った、
あの白黒テレビの中のピンクのキャデラックは、
今日いったい何処をぶっ飛ばしているんだろう？

そしてけっして開き直りなんかではなかったはずの、
大粒の無知の涙を拭き乍ら、
幻のめぬき通りを駆け抜けて行った夏の少年達は
今日いったいどこを走っているんだろう？

そうだ！また僕のジャングルを見つけに、
月の砂漠や太陽の岸辺まで歩いて行ってみよう。
空に穴があいたその夜に、ヒサコを連れて二人、
夜のストレンジャーとなって迷子の天使達を
探しに出かけるとしよう。
きっとそこは僕等や他の誰もが自由な……

〝浮かぶホームタウン〟のはずだ……。
そしたら、待ちわびたお待ちかねの休みの日に、
永遠の海へとボートを漕ぎ出して、
そこでしばらく眠ることにしよう。
パピヨンみたいに、救いの波の音を絶対に、
絶対にいつまでも聞き乍ら……。

ミッドナイト・ブギ

真夜中の公園で　二人でシーソー
真夜中野公園で　二人でブランコ
真夜中の公園で　二人でジャングルジム
真夜中の公園で　二人ですべり台

さぁ　君のポケットに入るよ
ディディディダッダッダッア……

真夜中の屋根の上　二人でチョコレート
真夜中の屋根の上　二人でバナナシェイク
真夜中の屋根の上　二人でストロベリー
真夜中の屋根の上　二人でレモネード

さぁ　君のポケットに入るよ
ディディディダッダッダッア……

真夜中の横丁で　二人でオーケストラ
真夜中の横丁で　二人でブラスバンド
真夜中の横丁で　二人でモーターバイク
真夜中の横丁で　二人でリヴォルバー

さぁ　君のポケットに入るよ

真夜中の公園で　二人でシーソー
真夜中野公園で　二人でブランコ
真夜中の公園で　二人でジャングルジム
真夜中の公園で　サージャント・ペッパー

さぁ　君のポケットに入るよ

アメリカンフットボール

会議は空しく物別れて　世界の寿命を怯やかす
常夏の島じゃ思い悩む事　あり得ぬ光の雨が降る
Ah　俺は何故かさっきからぼんやり観てる
夜更けにアメリカンフットボール

出来事はすべて他人事　悪い出来事ほど他人事
戦争ごっこで戯れてる　それ程平和な事は無い
Ah　俺は何故かさっきからぼんやり観てる
夜更けにアメリカンフットボール

街の画材屋のビルが焼け落ちて
地上げ屋の仕業の噂がたつ
せこい連中のプラットホームに
星への旅路の列車は来ない
Ah　俺は何故かさっきからぼんやり観てる
夜更けにアメリカンフットボール

彼は二人の今日が欲しくて
彼女の未来にうわの空
彼女は二人の未来が見たくて
彼の今日にはうわの空
Ah　俺は何故かさっきからぼんやり観てる
夜更けにアメリカンフットボール

心の平和が掴めるなら
まやかしの神様でも意味をもつ

わらをも掴んでる彼等には
事の良し悪しも曖昧模糊
Ah　俺は何故かさっきからぼんやり観てる
夜更けにバスケットボール

ロサンゼルスには金があって
サンフランシスコには精神《こころ》があった
サイケなたわ事も絵空事　輝いた時代の白昼夢
Ah　俺は何故かさっきからぼんやり観てる
夜更けにアメリカンフットボール

星と月と風と太陽　海　山　大地の声がする
涙と微笑携えた　怒りの叫びの声がする
Ah　俺は何故かさっきからぼんやり観てる
夜更けにアメリカンフットボール

顔

出かける時間が来たっていうのに
出かける時間が来たっていうのに
今日の顔が見つからない
今日の顔がまだ見つからない
きのうどっかに忘れてきたらしい
ゆうべどっかに落としてきたらしい

あの娘とお楽しみの夜なのに
（せっかく）彼女とお楽しみの夜なのに
今夜の身体がみつからない
今夜の身体がまだみつからない

きのうどっかで失してきたらしい
ゆうべどっかで落としてきたらしい

知らない街に流れ着いたのに
知らない夜にまぎれこんだのに
俺の面はもうわれてる
俺の面はもうわれてる
きのうどっかでたれこまれたらしい
ゆうべどっかでたれこまれたらしい

危ない残り火揺れてたけれど

やばい残り火揺れてたけれど
一夜明けたらあとかたも無い
一夜明けたら夢のあと
きのうの涙で消えたらしい
ゆうべの涙で流せたらしい

出かけるのをあきらめてたのに
出かけるのをあきらめてたけど

今日の顔が見つかった
今日の顔がやっと見つかった　よかった
きのうあそこに届いたらしい
ゆうべ誰かが届けてくれたらしい

今夜R&Bを…

なんだか昔と違う　夜の深さ感じる時
お前と一緒に聞きたくなるのさ
あの古いメロディー
オーティス　Ah　サム・クック　Ah

なんだかいつもと違う　月の灯り遠い夜は
お前と一緒に　聞きたくなるのさ
あの古いメロディー
テンプテーションズ　Ah　シュープリームス　Ah

ごらん　気がつけばブラインドの隙間の彼方
ねぼけた面《つら》した　あの摩天楼あたりに
いつもの朝日がもう　射してる　射してる

ごらん　気が付けばブラインドの隙間の彼方
ねぼけた面《つら》した　あのベイブリッジあたりに
いつもの朝日が　もう射してる　射してる

なんだかいつまでも変わらない気持ちで
ずーっといたい夜は
お前と一緒に　聞きたくなるのさ
あの古いメロディー

R&B, BLUES, R&B, oh　oh　oh

…………
…………

幻想の旅人の唄

夏の眩しい嵐来る前に
暖かな春の日　散歩とは洒落てるな

朝顔　昼顔　夜の顔咲かせて
書斎と庭を出て意外な旅人となる

人の世は夢　やがて歩き疲れても
失われた時を求めて　暁に家を出る

お伽の国探して　歩いてるイタリア
青い空　静かな路地　アルベロベッロの街

トラツグミ探して　歩いてる北鎌倉
海辺で夜明け見てる　こころ身軽な浮浪児

人の世は夢　やがて歩き疲れても
失われた時を求めて　暁に家を出る

夏の眩しい嵐来る前に
暖かな春の日　散歩とは洒落てるな

クッキーと紅茶

クッキーと紅茶　夜更けに
クッキーと紅茶　夜明けに
クッキーと紅茶　朝方
クッキーと紅茶……

食べてる　もくもくと　食べてる　ひたすら
食べてる　昔から　食べてる　台所で
なめてる　寝床で　食べてる　内緒で……

クッキーと紅茶　朝から
クッキーと紅茶　昼休み
クッキーと紅茶　夕方
クッキーと紅茶……

食べてる　もくもくと　食べてる　ひたすら
食べてる　おりにふれて　食べてる　風呂場で
なめてる　ベッドで　食べてる　内緒で……

おいしい味　とても　おいしそうなにおい
おいしい味
やめられない　たまらない　やみつきだぁ
ヤ・バ・イ……

クッキーと紅茶　仕事中
クッキーと紅茶　勉強中
クッキーと紅茶　会議中
クッキーと紅茶……

食べてる　昔から　食べてる　一人でも
食べてる　彼女と　食べてる　もくもくと
なめてる　寝床で　食べてる　内緒で……

おいしい味　とても　おいしそうなにおい
おいしい味
やめられない　たまらない　やみつきだぁ
ヤ・バ・イ　ウ・マ・イ……

クッキーと紅茶　ツアー中
クッキーと紅茶　ホテルで
クッキーと紅茶　楽屋で
クッキーと紅茶……

ミュージック

Hey oh yeh　どこからやって来たの
Hey oh yeh　どこまで行くの
Hey oh yeh　何を見て　何を聞いたの
たったそれだけの時間で
たったそれだけの身体《からだ》で

Hey oh yeh　しゃべり過ぎた夜に
Hey oh yeh　だまり過ぎた夜に
Hey oh yeh　何を拾って　何を捨てたの
たったそれだけの時間で
たったそれだけの身体《からだ》で

Ah　忘れてたMusic　今　思い出すMusic
Ah　俺の好きなMusic　かすかな呟《つぶや》きに似た

Ah　忘れてたMusic　今　思い出すMusic
Ah　俺の好きなMusic
かすかな呟《つぶや》きだとしても

Hey oh yeh　夜にうなだれても
Hey oh yeh　朝に出直しても
Hey oh yeh　何を恨んで　何を許すの
たったそれだけの時間で
たったそれだけの身体《からだ》で

Hey oh yeh　彼女のさみしさに
Hey oh yeh　彼の苛ら立ちに
Hey oh yeh　何を感じて　何を答えるの
たったそれだけの時間で
たったそれだけの身体《からだ》で

Ah　忘れてたMusic　今　思い出すMusic
Ah　俺の好きなMusic　かすかな呟《つぶや》きに似た
Ah　忘れてたMusic　今　思い出すMusic
Ah　俺の好きなMusic
かすかな呟《つぶや》きだとしても

Hey oh yeh　ことばとぎれた日
Hey oh yeh　ことばあふれた日
Hey oh yeh　何を無くして　何を欲しがるの
たったそれだけの時間で
たったそれだけの身体《からだ》で

Ah　忘れてたMusic　今　思い出すMusic
Ah　俺の好きなMusic　かすかな呟《つぶや》きに似た
Ah　忘れてたMusic　今　思い出すMusic
Ah　あの娘《こ》の好きなMusic
遠い呟きだとしても

ヒッチハイク

ヒッチハイクで道草だぁ　桜吹雪　並木の路
現われ出た月よりの使者　幌馬車拾って道草だぁ
ヒッチハイクで道草だぁ　小春日和　白夜の空
Ah　あの本屋によろしく

ヒッチハイクで道草だぁ　桜のツボミ女学生の道
現われ出た月よりの使者　幌馬車拾って道草だぁ
ヒッチハイクで道草だぁ　桜のツボミ女学生の道
Ah　あの文房具屋によろしく

ヒッチハイクで道草だぁ　武蔵野のなごり　宮林
現われ出た月よりの使者　幌馬車拾って道草だぁ
ヒッチハイクで道草だぁ　武蔵野のなごり　宮林
Ah　あの裁判長によろしく

ヒッチハイクで草道だぁ　桜吹雪　並木の路
現われ出た月よりの使者　幌馬車拾って道草だぁ
ヒッチハイクで高飛びだぁ　桜吹雪　並木の道
Ah　あのおまわりによろしく

ヒッチハイク　ヒッチハイク　ヒッチハイク……

シャスターデイジィー

その花の名前はデイジィー
むらさきのシャスターデイジィー
俺の箱庭に咲いて　俺の瞳に咲いて
俺の独り言に咲いている

デイジィー　シャスターデイジィー
むらさきのシャスターデイジィー
俺のレンズで咲いて　俺のギターで咲いて
俺の独り言で咲いている

Oh yeah　陽だまりに腰をかけて
空の海を見てる

Oh yeah　やっかいな重たい雲
はじけて流れて
Oh yeah　おせっかいな風と共に去って行く

デイジィーの花が咲いている

可愛い花だよデイジィー
むらさきのシャスターデイジィー
Ah　俺の窓辺に咲いて
Ah　俺の夜明けに咲いて
Ah　俺の独り言に咲いてる

Oh yeah　陽だまりに腰をかけて
空の海を見てる
Oh yeah　やっかいな重たい雲
はじけて流れて
Oh yeah　おせっかいな風と共に去って行く
デイジィーの花が咲いている

その花の名前はデイジィー
むらさきのシャスターデイジィー
Ah　俺の箱庭に咲いて
Ah　俺の瞳に咲いて
Ah　俺の独り言に咲いている

デイジィー　シャスターデイジィー
不思議な花
むらさきのシャスターデイジィー
Ah　俺のレンズで咲いて
Ah　俺のギターで咲いて
Ah　俺の独り言で咲いている

がらがらヘビ（P.GREENに捧ぐ）

暗い穴倉　這い出して来いよ
昔のように暴れまわっておくれ
白い空の下　がらがらヘビ

赤いその口で
この世のすべて　嘗めまわしてしまえ
俺の可愛い　がらがらヘビ

黒いそのお前の身体で
乾いた街を這いずりまわれ
濡れた目をした　がらがらヘビ

熱いなつかしい　大陸へ帰ろう
あの世のように　遠い光の彼方
深い水の奥へ　がらがらヘビ

ミステリー

夏の甘い調べ近づいてる
眠ってるマジカルなミステリーの中
世間のざわめきの音もしない……

夏の甘い調べ近づいてるぞ
眠ってるさマジカルなミステリーの中
世間のざわめきも眼中にないさ……

待ちわびるサンセット

真夜中の太陽浴びて　物憂げなカーニバル
生贄の彼女と　戯れるバルコニー
待ちわびるサンセット　Ah
待ちわびるサンセット　Ah

レーザー光線の海で　怪し気な海水浴
飛び交う電波で波乗れば　恍惚の眼差し
待ちわびるサンセット　Ah
待ちわびるサンセット　Ah

おさらば　今夜の有象無象
おさらば　となり近所の有象無象
おさらば　この世の有象無象
おさらば　幼い有象無象
ことばの遊園地にでも　忍び込めたら　そこで
遊びほうけて　そのまま　うたた寝だ……

煌めく夜の炎天下　度胆ぬいてるシルエット
狂乱の饗宴の最中《さなか》　彼と彼女の孤独
待ちわびるサンセット　Ah
待ちわびるサンセット　Ah

おさらば　今夜の有象無象
おさらば　となり近所の有象無象
おさらば　この世の有象無象
おさらば　幼い有象無象

ことばの遊園地にでも　忍び込めたら　そこで
遊びほうけて　そのまま　うたた寝だ……

真夜中の太陽浴びて　物憂げなカーニバル
生贄の彼女と　戯れるバルコニー
待ちわびるサンセット　Ah
待ちわびるサンセット

いつも　待ちわびるサンセット　なぜか
待ちわびるサンセット
今日も　Ah……サンセット
待ちわびるサンセット

真夜中のカウボーイ

週末（終末）の七色の荒野の街
光の破片のパレード
星空探しうろつく　真夜中のカウボーイ

遠い昔　子守唄の中
荒馬にまたがってテキサス
星空に導かれ下ったんだミシシッピィー
ニューヨークに間に会わないニューヨーク・タイムズ

路傍の石の草枕　家なき子達
インスタントの楽園さえ予約済みだってよ
何とかの女神にそう言っとけよ
雨降るスクリーンの中
行ってみよう　フロリダでも

週末（終末）の七色の荒野の街
光の破片のオンパレード
星空探しうろつく　真夜中のカウボーイ

さみし気なパイロット

夜のアクセル踏み込めば　天にも昇る武者ぶるい
キャブレターに潜んでいるあの狂気をひきずり出す
Ah oh Year

ネオンの果実切り崩して　袋小路を滑走路に
メトロポリタン　コスモポリタン
プラネタリウムのカーレース
Ah oh Year

夜に生まれ変わって　何を追いかけて走る
夜にこそ生き返って　誰を追いかけて走る

お前はいつからか　さみし気なパイロット　まるで
お前はいつからか　さみし気なパイロット　まるで
お前はいつからか　翼折れたパイロット

タワーの灯り燈台に

惑星ドームへタイムトリップ
天体レースのコース行けば
危うし地球が飛んで行く
Ah oh Year

銀河の路上ですれ違う
イエローキャブのタクシードライバー
神々の国の太陽浴びて　アメリカ探して流してる
未だに　Ah　未だに

夜に生まれ変わって　何を追いかけて走る
夜にこそ生き返って　誰を追いかけて走る
お前はいつからか　さみし気なパイロット　まるで
お前はいつからか　さみし気なパイロット　まるで
お前はいつからか　翼折れたパイロット　まるで
お前はいつからか　さみし気なパイロット　まるで
お前はいつからか　さみし気なパイロット　まるで
皆んないつからか　行方知れずのパイロット

ユメ・ユメ

サファイアに輝く　真昼間の夜だぁ
のっぴきならぬ争いなど　ゆめ　ゆめ　無い
オーシャンビューのバンガロー……ここ

大理石のサロンで　とろけそーなカクテル
ガラスケースの向う側　目も眩むイリュージョン
オーシャンビューのバンガロー……ここ

俺の替え玉　快刀乱麻
百面相で　街を行く
奇想天外な　通路を歩けば
目眩がしそーだ　ファンタジィー

何処《どこ》か遠い国々のはかなき知恵比べの声がした
七変化に乱舞する　月光の雪崩《なだ》れ
ぬきさしならぬ諍いなど　ゆめ　ゆめ　無ぃ
オーシャンビューのバンガロー……ここ

俺の替え玉　快刀乱麻
百面相で　街を行く
奇想天外な　通路を歩けば
目眩がしそーだ　ファンタジィー
何処《どこ》か遠い国々のはかなき知恵比べの声がした

サファイアに輝く　真昼間の夜だぁ〜
のっぴきならぬ争いなど　ゆめ　ゆめ　無ぃ
オーシャンビューのバンガロー……ここ

月の夜道でマンボを踊る友人の唄

星空のプールにダイビングした君は
黄色の満月をプールサイドに飾って
〝消さないで　消さないでおくれ〟って
叫んだのさ　春の夜　Yeh

蛍火の海から　ジャンプした俺も
同じあの満月をテラスに飾って
〝消さないさ　誰にも消させないから〟って
約束したかったのさ　夏の夜　Yeh

汚れた雨が降るという風下《かざしも》の街で……

ハイキング

ビーバップパルーラの宵の口
ビロードの夜風にあおられて
物語の中へハイキング　サイクリング
写し世は夢　スペクタル

びっくり仰天やぶから棒
乱痴気騒ぎの火花散る
物語の中でハイキング　サイクリング
うつろい行く世は夢　うたかた

現れる眺めは　センセーション
君のポラロイドに焼き付けよう

すっかりその気で　丑三時
ベルベットの夜霧に包まれて
物語の奥へとハイキング　サイクリング
かりそめの世は夢　蜃気楼

現れる眺めは　センセーション
君のポラロイドに焼き付けよう

ビーバップパルーラの宵の口
ビロードの夜風にあおられて
物語の中へハイキング　サイクリング
写し世は夢　スペクタル

ハーモニー（挽歌）

だったら浮世の窓をお前に開けて
風に乗せてこの唄　口ずさんで送ろう
だから夜空の窓を俺に開けて
風に乗せてこの唄　口ずさんで返せよ
この唄
ダッダッドゥダーン　ダッダッドゥダーン
ダッダッドゥダーン　ダッダッドゥダーン

さっきか浮世の窓をおまえに開けて
風に乗せてこの唄　ずーっと唄いかけてる
だから夜空の窓を俺に開けて
風に乗せてこの唄、すぐに唄い返せよ
この唄
ダッダッドゥダーン　ダッダッドゥダーン
ダッダッドゥダーン　ダッダッドゥダーン

突然　千鳥ヶ淵上空
お前の焼けつくスクーターが飛んだ
遥かな沈黙《しじま》　遠い時間で幻の少年のまま眠れ

それでこの唄聞こえたら
唄い返せよ

ダッダッドゥダーン　ダッダッドゥダーン
ダッダッドゥダーン　ダッダッドゥダーン

Ah Sweet ハーモニー　お前のこと忘れない
Sweet ハーモニー　ハーモニー聞こえる
Sweet ハーモニー　Ah

覚えてるお前のこと

夏の色調《いろあい》

夏の色調《いろあい》の春の日没は　気休めのタブロー
雲のビヤホール　そのメニューは
一切合切　無邪気

海のハズレの空の真中は
寛《くつろ》ぎのオブジェ
雲の応接間　その来客は
十人十色　無邪気

俺も夢の一部になったら
暫くだまって笑っていよう
oh oh oh　oh oh oh

春のおしまいの　夏のはじまりは
不意打ちのシンフォニー
雲の浜辺　その若き恋人達は
一事が万事　無邪気

俺も夢の一部になったら
暫くだまって笑っていよう
oh oh oh　oh oh oh

夏の色調《いろあい》の春の日没は　気休めのタブロー
雲のビヤホール　そのメニューは
本日休業……

ムーンライト・ドライヴ

迷い込んだ山道　高原へ抜ける道
立ち込めてきた霧の中　出かけてきた午後
あの娘キャンディーしゃぶりながら
虚ろな夢の中
窓の外　もぬけの殻　人気《ひとけ》のない家々

覚えてるのは車の中　聞こえてた
ムーンライト・ドライヴ
覚えてるのは車の中　聞こえてた
ムーンライト・ドライヴ

ドリームランドの看板のところ右に曲がれば
きっと多分あの頃に帰れたはずなのに

虚ろな夢の中　うろついてるうちに
見落としたの　かも
現実のドリームランドへ続いてるスカイライン

覚えてるのは車の中　聞こえてた
ムーンライト・ドライヴ
覚えてるのは車の中　聞こえてた
ムーンライト・ドライヴ

高原に建つそのホテルへ電話ひとつ入れれば
未来を見渡す眺めのいい部屋　予約出来たのに
深い霧の中　立ち尽くすうちに
気が変わったの　かも
今来たこの道と別の道　走ってみたくて

覚えてるのは車の中　聞こえてた
ムーンライト・ドライヴ
覚えてるのは車の中　聞こえてた
ムーンライト・ドライヴ

迷い込んだ山道　高原へ抜けるはずの道
立ち込めてきた霧の中　出かけてきた午後
あの娘キャンディーしゃぶりながら
虚ろな夢の中
窓の外　もぬけの殻　人気のない家々

覚えてるのは車の中　聞こえてた
ムーンライト・ドライヴ
覚えてるのは車の外
咲いてたもちろん〝ヒヤシンス〟

BABY LOVE

Oh Oh　離れたくない
毎晩　毎晩　毎晩
Oh Oh　離れたくない
毎晩　毎晩　毎晩
もう　お前を離さない
毎晩　毎晩　毎晩

子供みたいな気分で　突っ走ってる夜さ
明日の朝まで　大人にならないで

Oh Oh　離れたくない
毎晩　毎晩　毎晩
Oh Oh　離れたくない
毎晩　毎晩　毎晩
もう　離したくない
毎晩　毎晩　毎晩

不思議な自由を身にまとった
二人の筈だから
子供みたいな気分で　何を約束しよう
汚れなき悪戯の　夜の果てへ　oh oh
星空のドライヴ

冷たい暖かさ知ってるから
こわれそうな強さが解る
遠く離れる程に　やさしさ近づいてくる

汚れなき悪戯の　あの頃へ　oh oh
星空のドライヴ

Oh Oh　離れたくない
毎晩　毎晩　毎晩
Oh Oh　離れたくない
毎晩　毎晩　毎晩
Oh Oh　離したくない
毎晩　毎晩　毎晩

Oh Oh　離れたくない
片時も　片時も
毎晩　毎晩　毎晩　お前にここにいてほしい
(Wish You Were Here)
毎晩　毎晩　輝いて　輝いて
Crazy Diamonds……。

向日葵 10.9（HIMAWARI）

向日葵の舟に揺られて　一足お先に
次の夏に居るお前　ちょっと覗きに行った

あいにくとお前は　その日留守だなんて
そんな事の無いように　祈り乍ら

向日葵の舟を下りて　直ぐにその足で
次の夏にもあるはずの　お前の家を訪ねた

幸いにしてお前は　そこに確かに居てくれて
前の夏と同じシャツを着てた　俺の好きな

Summertime blues
Summertime blues

向日葵の舟に乗せて　お前を連れて戻った
前の夏に歩いた　確かな時間に

あいにくとそこは　とっくに秋だったけど
幸いにして空は青く澄んでた　嘘のように
Summertime blues
Summertime blues

向日葵の舟に乗って　一足お先に
次の夏の景色を　ちょっと覗いた夜さ
Summertime blues
Summertime blues

HUSTLE

ハッスルする　トコトン
ハッスルする　兎に角
ハッスルする　矢庭に
ハッスルする　まだまだ

引き出しの中にある　俺のバイオリズム

ハッスルする　朝な夕な
ハッスルする　夜な夜な
ハッスルする　年がら年中
ハッスルする　まだまだ

引き出しの中にある　俺のバイオリズム

ほらごらんよ　流れる雲　あの広い空
そのうちなんとかなるだろう……か？

ハッスルする　トコトン
ハッスルする　発破かけて
ハッスルする　ヘロヘロでも
ハッスルする　まだまだ

引き出しの中にある　俺のバイオリズム
引き出しの中から消えた　俺のバイオリズム

さまざまな自由

帰りの雨は矢継ぎ早で
あげくの果ての雷さ
本当はみんなに逢いたい気もしたが
誰にも逢わないってのも魅力的だった

夜の雷はフィナーレのようで
その時俺はちょっとクールになったのさ
びしょ濡れのハイウェイなら何もかも
泣き出したい程に　唯々　綺麗さ

次のインターチェンジで降りてしまえば
お手頃な自由を楽しめたのに

だけど　流れに乗って急いだのさ
落ち着きのある暮らしに
それは多分あり得ない事でも

夜の雷はフィナーレのようで
その時俺はちょっとクールになったのさ
びしょ濡れのハイウェイなら何もかも
泣き出したい程に　唯々　綺麗さ

俺は住所不定で　彼女は情緒不安定
誰もが探してる分譲中の自由を
思いがけない答えがハイウェイに転がってるなんて

人気《ひとけ》のないドライヴィンの古いラジオが唄ってる
真夜中の自動販売機に群がってみても
その夜の答えはとっくに売り切れてる

夜の雷はフィナーレのようで
その時俺はちょっとクールになったのさ
びしょ濡れのハイウェイなら何もかも
泣き出したい程に　唯々　綺麗さ

気がつけばフロントガラスの窓の外
天国行きの列車が横切ってく
心に青い空　描き出せる時
誰もがその列車の切符を手にするらしい
明日たそがれる二十世紀に手紙を出して
この星の若さの晩年から返事をもらおう
この星のどこかを走ってる
人も国も　みんな居場所を探して
月夜にせめて彼女を抱きたい
未来の川岸のパーキングに車を寄せて

夜の雷はフィナーレのようで
その時俺はちょっとクールになったのさ
びしょ濡れのハイウェイなら何もかも
泣き出したい程に　唯々　綺麗さ

夜の雷はフィナーレのようで
その時俺はちょっとクールになったのさ
びしょ濡れのハイウェイなら何もかも
泣き出したい程に　唯々　綺麗さ

はぐれた遠い子供達へ

Ah　いつかはぐれたお前に　また会えるなら
Woo　例えば処《ところ》は　雨のセントラルパーク
メリーゴーランドで遊んでる　妹の様なお前に
〝ライ麦畑〟辺りで　そっと会ってみたい
Ah　いつかはぐれたお前に　また会えるなら
Woo　例えば季節は　ジングル・ベルの頃
風の原っぱで遊んでる　男の子の様なお前に
〝クリスマスの思い出〟プレゼント
届けに行ってみたい

Ah　今夜　窓の向こう
綺麗な月があんなに滲んでる
破けそうな　ハートせつなく　ペーパームーン
Ah　今夜　あの曲がり角から
懐かしげな唄がこんなに響いてくる
かすれそうな　口笛せつなく　ラヴ・ソング
はぐれた遠い子供達への　ラヴ・ソング

Ah　いつか失くしたお前と　また会えるなら
Woo　例えば処《ところ》は　遥かな河ミシシッピー

筏《いかだ》を漕いで下って行く　腕白坊主の様に
見知らぬ時間へ冒険さ
ハックルベリィ・フィン探して

Ah　今夜　窓の向こう
綺麗な月があんなに滲んでる
破けそうな　ハートせつなく　ペーパームーン
Ah　今夜　あの曲がり角から
懐かしげな唄がこんなに響いてくる
かすれそうな　口笛せつなく　ラヴ・ソング

Ah　今夜　屋根の彼方
綺麗な月があんなに滲んでる
破けそうな　ハートせつなく　ペーパームーン
Ah　今夜　空の彼方
遥かな河ミルキーウェイ下ろう
遠い何時《いつ》かの　ハックルベリィ・フィン探して
Ah　今夜　時間の彼方
遥かな河ミルキーウェイ下ろう
遠い何時《いつ》かの
ハックルベリィ・フィン追いかけて……

新宿を語る　冬

西口バスターミナル　乾いた空に冬が舞う
ホテルの電光クリスマスツリー
雪の休暇を唄ってる
北風に負けた　レインコート
それでも　骨まで凍る程でもない
〝全部洗い落とせる雨でも降らないか〟って
君が言った

ジングルベルのアーケード
ラッシュの人波で暖をとる
地下鉄のメロディにさえ市民権
そんなはずじゃないだろうビートルズ
家路辿り疲れた古い皮靴
それでも　履き捨てる程にはボロでもない
〝半端な白夜を突き破る炎の柱立てばいい〟って
君が言った

ネオンの花園デコレーション
ヤクザの裏道にもR&R
コーヒーの香りにつられても
閑古鳥とばしたコルトレーン
誘惑の華なら　よりどりみどり
それでも　真っ赤に染まる程でもない
〝敷きつめられた路上の石畳飛びかえばいい〟って
君が言った

戦い済んで陽が暮れて　ビルの谷間にも除夜の鐘
テロルの季節の足音が　夜明けの舗道に蹲《うずくま》る
素顔を忘れたこの街
それでも　愛しい寝顔さらしてる
〝眠れる夜を覚えたら
その日この街の灯が消える〟って
誰か言った……

西口バスターミナル　乾いた空に冬が舞う
小田急ハルクの電光クリスマスツリー
雪の休暇をはしゃいでる

ラジオ

北風が窓を叩いてる夜
どれだけの人を起こすのだろう
その曲がもし聞こえてきたなら
もう一度ヴォリュームあげるだろうか　ラジオの

北風が窓を叩いてた夜
どれだけの人を起こしたのだろう
その曲があの時　聞こえてきたあの時
ヴォリュームいっぱいあげただろう　ラジオの

それがお前の　ミリオン・セラー
その曲がお前だけの　ミリオン・セラー
永遠のロング・セラー

北風が窓を叩くだろう夜
どれだけの人を起こすのだろう
その曲がもし聞こえてきたなら
ヴォリュームいっぱいあげるだろうか　ラジオの

それがお前の　ミリオン・セラー
その曲がお前だけの　ミリオン・セラー
永遠のロング・セラー

そんな曲がもし聞こえてきたなら
ヴォリュームいっぱいあげるだろうか　ラジオの
こんな曲がもし聞こえてきたなら
ヴォリュームいっぱいあげておくれよ　ラジオの

そのラジオの……
お前のラジオの……
窓辺のラジオの……
車のラジオの……
職場のラジオの……。

特別な夏

目を閉じれば　海が横たわる
溢れるほどに　満ち潮に
冬凪のビーチに　腰を下ろせば
お前が歩いて　やって来そうさ
いつかの特別な夏から

二人見た　輝く幻が
今　陽だまりに　うずくまる
冬ざれた石段　たたずめば
みんな昨日の　ことのようさ
いつかの特別な夏さえ

あの時走り続けた　青空の道
その深い空から　聞こえた声
それは　ケ・セラ・セラ……
ケ・セラ・セラ……　なるようになれ

目を開ければ　海は引き潮で
何も無かったような　夢の跡
春めく玄関　開け放てば
俺も帰って行きそうさ
いつかの素直な夏へと

あの時走り続けた　青空の道
その深い空から　聞こえた声
それは　ケ・セラ・セラ……
ケ・セラ・セラ……　なるようになれ

ケ・セラ・セラ……
ケ・セラ・セラ……
なるようになる……

DREAMS TO REMEMBER

夜風が窓から忍び込む
あたらしい夏を連れて
何処《どこ》からか届きそうな
あの涼し気な明日を道連れて
いくつかの　物悲しくも
ちょっと陽気な物語に綴り込んで
君は何を呟いた　あの日
君は何を呟いた

Dreams to remember
想い出は……　それは……

バベルの塔なら打ち砕き
また新しい意思を積む
ガキの日探した家
あの嘆きの壁に刻まれた
小さな宝石よ
子供のままの大人として

君は何を呟いた　あの日
君は何を呟いた

Dreams to remember
思い出すのは……　それは……

夜風が窓から忍び帰る
古い夏を連れ出して
何処《どこ》かへと届きそうな
涼し気な昨日を道連れて
いくつかの　物悲しくも
ちょっと陽気な物語に綴り込んで

君は何を呟くだろう　その日
君は何を呟くだろう

Dreams to remember
想い出なんて……　それは……

アメリカン・フットボール '93

世界中がやっきになってさわいでるこの時期
明日の事　平和の事でやっきになってる
経済　貿易　国交回復　宇宙開発　資源開発
その他もろもろ
人々は積極的でやっきになってる
そんな時困った事に何故だか俺は
ぼんやり観てる真夜中に……
アメリカン　フットボール……

無いものなど何もない程一見豊かで
そこそこの自由はそこそこ味わえる
仕事　趣味　恋愛　芸術　スポーツ
レジャー　その他もろもろ
そこそこの自由はそこそこ味わえる

そんな時困った事に何故だか俺は
ぼんやり観てる真夜中に……
アメリカン　フットボール……（バスケットボール）

何も変じゃない　誰も変じゃない
俺も変じゃない　特別変じゃない
いい事も悪い事も大差はない……

この星のエネルギーが底をついても
人類の進歩は底知れぬ
科学の発達　技術の改革
頭脳の開発　意識の革命
人類の進歩は底知れぬ
そんな時困った事に何故だか俺は
ぼんやり観てる真夜中に……
アメリカン　フットボール……（バスケットボール）

何も変じゃない　誰も変じゃない
俺も変じゃない　特別変じゃない
いい事も悪い事も大差はない……

今こそ世界は手をつなぎ
この星の未来を探す時
公害対策　政治のたて直し　宇宙開発　資源
開発　環境保護　もろもろ
今こそ世界は目を覚ませ
そんな時困った事に何故だか俺は
ぼんやり観てる真夜中に……
アメリカン　フットボール……（バスケットボール）
…………バレーボール
…………ア・メ・リ・カ・ン　フットボール
…………。

Free Time

タイムリミットまでの　待ちわびてた
Free Time
タイムリミットまでの　急がされてる
Free Time
タイムリミットまでの　やっと手にする
Free Time
タイムリミットまでの　ヒューズのぶっとんだ
Free Time

タイムリミットまでの　夜毎はじまる
Free Time
タイムリミットまでの　夜毎終わる
Free Time

タイムリミットまでの　時間切れの
Free Time
タイムリミットまでの　ヒューズのぶっとんだ
Free Time

タイムリミットまでの　プラスティックな
Free Time
タイムリミットまでの　4.5%　Free Time
タイムリミットまでの　パーマネント
Free Time
タイムリミットまでの　ヒューズのぶっとんだ
Free Time
Free Time　Free Time　Free Time

Free Time　Free Time　Free Time
Free Time　Free Time　Free Time
Free Time　Free Time　Free Time

タイムリミットまでの　待ちわびてた
Free Time
タイムリミットまでの　やっと手にする
Free Time
タイムリミットまでの　夜ごと始まる
Free Time
タイムリミットまでの　プラスティックな
Free Time
タイムリミットまでの　時間ぎれの
Free Time
タイムリミットまでの　夜毎はじまる
Free Time
タイムリミットまでの　夜毎終わる
Free Time
タイムリミットまでの　プラスティックな
Free Time
タイムリミットまでの　4.5%
Free Time
タイムリミットまでの　時間ぎれの
Free Time
タイムリミットまでの　時間ぎれの
Free Time

タイムリミットまでの　ヒューズのぶっとんだ
Free Time
Free Time　Free Time　Free Time

マンボのボーイフレンド

ミネアポリスの友人から長い手紙が届いた
バレンタインの頃には海を越えて行くんだと
それでゼロから
それでゼロからやり直すんだって

切れたアキレス腱　やっとつながったんだと
バーゲン・セールでユートピアが大安売りされて
るんだと
だからゼロから
だからゼロからやり直すんだって

月の夜道で光のマンボ　踊り出した光のマンボ

月の夜道で光のマンボ
踊り出した俺のボーイフレンド

黄金時代の亡霊がＴＶ（の画面）に現れたんだと
デイリー・プラネットのスーパーマン
彼を訪ねて行くんだって
それでゼロから
それでゼロからやり直すんだって

セザンヌの絵が破格の高値で又競り落とされたと
死んで咲かせる花より
生きてるうちの花なんだと

だからゼロから
だからゼロからやり直すんだって

月の夜道で光のマンボ　踊り出した光のマンボ
月の夜道で光のマンボ
踊り出した俺のボーイフレンド

彼女の不思議なその涙が　悪魔を追い払ったって
何処かはるか向こうの花園覗き見れたって
それでゼロから
それでゼロからやり直すんだって

悪意のない街角の占い師に助けられたんだと
馴染みのない時間の扉のカギ渡されたんだと

だからゼロから
だからゼロからやり直すんだって

月の夜道で光のマンボ　踊り出した光のマンボ
月の夜道で光のマンボ
踊り出した俺のボーイフレンド

ミネアポリスの友人から長い手紙が届いた
バレンタインの頃には海を越えて行くんだと
それでゼロから
それでゼロからやり直すんだって
だからゼロから
俺もゼロからやり直すんだ……

風の車

風の車にまたがって　お前と遊びに行く
からくりの曲がり角ぬけ　お前と遊びに行く
夜ともなれば神出鬼没のダンディ
空想のレストランで腹ごしらえさ
黄金のビスケット
光のサラダ
万華鏡のキャビア
オーロラのシャーベット

風の車にまたがって　お前と空を流す
からくりの土手を越え　お前と空を流す
夜ともなれば神出鬼没のダンディ
空想のブティックで変装さ
黄金のシルクハット
光のタキシード
万華鏡の手袋
オーロラの眼鏡

さぁ現《うつつ》をぬかそー
さぁ現《うつつ》をぬかそー
さぁ現《うつつ》をぬかそー（ひとときでも）
何処かこわれた星のオーケストラが奏でてる
セレナーデ聞こえる気がした

真夜中ともなれば（なおさら）
神出鬼没のダンディ
空想のよろず屋で万引きさ
黄金のリムジン
光のパスポート
万華鏡のロケットミサイル
オーロラの宮殿

さぁ現《うつつ》をぬかそー
さぁ現《うつつ》をぬかそー　ひとときでも
さぁ現《うつつ》をお前とぬかそー
何処かこわれた星のオーケストラが奏でてる
セレナーデ聞こえる気がした……あの夜……

ヒッチハイク '93

ヒッチハイクで道草だぁ　桜吹雪並木の道
現われ出た月よりの使者
幌馬車拾って道草だぁ
ヒッチハイクで道草だぁ　小春日和　白夜の空
Ah　あの本屋によろしく

ヒッチハイクで道草だぁ
桜のツボミ女学生の道
現われ出た月よりの使者
幌馬車拾って道草だぁ
ヒッチハイクで道草だぁ
桜のツボミ女学生の道（小春日和　白夜の空）
Ah　あの文房具屋によろしく

置いてきゃいいじゃない
ユーウツが詰まったお荷物
いいじゃない　おもしろい事
探しに行く……。

ヒッチハイクで道草だぁ　武蔵野のなごり宮林
現われ出た月よりの使者
幌馬車拾って道草だぁ
ヒッチハイクで道草だぁ　武蔵野のなごり宮林
（小春日和　白夜の空）
Ah　あのおまわりによろしく

ほっときゃいいじゃない

ユーウツが詰まったお荷物
いいじゃない　おもしろい事（だけ）
探しに行く（探してる）だから
ヒッチハイクで道草だぁ　桜吹雪並木の道
現われ出た月よりの使者

幌馬車拾って高飛びだぁ（道草だぁ）
ヒッチハイクで高飛びだぁ（道草だぁ）
桜吹雪哲学の道
Ah　あの裁判長によろしく
ヒッチハイク　ヒッチハイク　ヒッチハイク
………

BIRTHDAY SONG

Happy birthday　新しい子供達に
Happy birthday　祝福のこのリズムを
Happy birthday　きのうと違うきょうへの
Happy birthday　記念すべき
新しい一日の産声が聞こえる

冬の眠りの中で生まれ
春の凬にめざめる
長い夜にはぐれても　又
光の季節　唄い続ける

今夜　Happy birthday……
誰もの　Happy birthday……
……新しい一日が始まる
……birthday……何処かの国で……

Merry X'mas Baby

Merry X'mas Baby Merry X'mas Baby
早く持って帰ろう　プレゼント
oh 彼女に 何かうれしい知らせ

Merry X'mas Baby Merry X'mas Baby
急いで持って帰ろう　プレゼント
oh 彼女に 何か忘れてたことば

ブルー ブルー ブルーにこんがらがっても
ブルー ブルー ブルーにこんがらがっても
今宵せめておまえを抱いて言うのさ
Merry X'mas　Merry X'mas
Merry X'mas and Happy Christmas

Merry X'mas Baby Merry X'mas Baby
集めて持って行こう プレゼント
oh いつかみた あの 夢のか・た・ち

ブルー ブルー ブルーにこんがらがっても（世界中）
ブルー ブルー ブルーにこんがらがっても（未来が）
今宵せめておまえを抱いて言うのさ
Merry X'mas　Merry X'mas
Merry X'mas and Happy Christmas

Merry X'mas Baby Merry X'mas Baby
急いで持って帰ろう プレゼント
探して持って行こう プレゼント
居なくなった 友達の心……

真冬の熱帯夜

十二月の日射病　俺の熱はあがったまま
月も凍てつく夜にさえ
熱く溶けてくアイスクリーム
oh　真冬の熱帯夜　ya!!　ya!!

七色のチョコレートで　おまえは何を占ってる
Cry（暗い）色食べなかったの　ちょっとついてる
oh　真冬の熱帯夜

輝く季節の到来　丘に登れば光もある
真夏の郵便局から　蒼空が届くかも
Ah　思いがけない差出人から……

Hey hey
どんな神様もとてもたちうちできない
Hey hey
この最高の気分にとてもたちうちできない

明日への手紙書いている夜
あの日からの電話がひっきりなし
なにぶん今日を急いでるが
いくぶん昨日も忘れがたい
oh　真冬の熱帯夜　ya!!　ya!!

この街の禁断症状　夜通し何か欲しがってる

あやうい夜　乾いた風
冷たいジュースをぶっかけろ！
oh　真冬の熱帯夜

輝く季節の到来　丘に登れば光もある
真夏の郵便局から　蒼空が届くかも
輝く季節の到来
さぁ　窓を開ければ光も射す
真夏の郵便局から　蒼空が届くかも
Ah　思いがけない差出人から……

Hey hey
どんな神様もとてもたちうちできない
Hey hey
この最高の気分にとてもたちうちできない

十二月の日射病　俺の熱はあがったまま
オレンジ・サンシャインの夜明けに
熱く溶けてくアイスクリーム
oh　真冬の熱帯夜　ya!!　ya!!
oh　真冬の熱帯夜　ya!!　ya!!　……

年の瀬 '93

しまい忘れた風鈴が　冬の中で泣いてるみたい
今年も暮れるんだな……

短か過ぎたこの春や　悔し過ぎた夏も終ったのさ
今年も暮れるんだな……

これ以上　やせないように
これ以上　減らないように
これ以上　しゃべり過ぎぬように……

ジングルベルで気がついて

あの人達に手紙を書きだす
今年も暮れるんだな……

これ以上　やせないように
これ以上　減らないように
これ以上　しゃべり過ぎぬように……

ジングルベルで気がついて
あの人達に手紙を書きだす
今年も暮れるんだな……

SOUL X'mas

ホワイト・クリスマス　かけながら
僕と君と部屋の中
シャンペンとワインで乾杯が済んだら
まるで　X'mas

ことばなんて　いらないさ　僕と君なら
こうして　今夜踊ってるのさ
雪さえ降りしきる　君と僕との窓には
本当に今夜

毎日が　X'mas だった
毎日が　X'mas だった
毎日が　X'mas だった
あの Soulful な気持ちが
戻ってきそうさ……。

Ah　カレンダーは　あの日のままに
君も僕もあの日のままに

行ってしまったサンタクロース
舞い降りて来そうさ　遠い空から

毎日が　X'masだった
毎日が　X'masだった
毎日が　X'masだった　毎日が……。

ホワイト・クリスマス　かけ続け
僕と君とほろ酔って
心にジングル・ベルを鳴らしていようって
誓ったんだ……。

毎日が　X'masだった
毎日が　X'masだった
毎日が　X'masだった
あのSoulfulな気持ちが
戻ってきそうさ……。

毎日が　X'masだった
毎日が　X'masだった
毎日が　X'masだった
あのSoulfulな気持ちが
今夜　戻ってきそうさ……。

Hello Good-bye

というわけで　一年が過ぎた
全く早いもんで　年のせいだろうか
こないだ　お雑煮　食ったばかりなのに

というわけで　一年経った
全くあっという間で　何のせいだろう
こないだ桜吹雪の下、歩いたっていうのに

ところで　どーなるのだろう
とても心配なのさ
こんな時代　こんな日本で
とても　今　気がかりな事
いったいどーなるのだろう　来年の……

というわけで　はや一年過ぎて
全く虚のようで……　誰のせいでもない
このあいだ太陽のバカンス　過ごしたっていうのに

まぁ　そんなわけで　みんな勝手なもんで
全く勿論　俺も勝手なもんで
都合の悪いこと　全部忘れ始めてる

ところで　どーなるのだろう
やっぱり　心配なのさ
こんな時代　こんなせまい島国で
とても　今　気がかりな事
いったいどーなるのだろう　来年の俺たちの……

というわけで　今年も夢を見て
全くままならぬもので　夢は夢のまま……

人間の価値は　誰がいつ決めるのだろう
どう生きたなのか　どう生きるなのか？
人間の価値は　誰がいつ決めるのだろう
どう生きたなのか　どう生きてくのか？

まぁ　そんなわけで　来年もまたよろしく
…………
…………
…………

Route61

ゆうべみた夢遠く浮かぶ
青空に延びるハイウェイ61
何処へでもたどり着けそうな
暖かな風の日、ミシシッピー、デルタ、メンフィス
oh　oh　oh それで僕の唄は何処に……

ゆうべみた夢　遠くうかぶ
落葉の舗道、カントリーな午後
きっとあの人も暮してみたくなるだろう
ゆるやかな陽射しの日
テネシー、ナッシュビル
oh　oh　oh それで僕の唄は何処に……

ゆうべみた夢遠く浮かぶ
街角にあふれるガンボなリズム
陽気な心もっと手に入れられそうで
Ah 映画のような雨の日、ニューオリンズ
oh　oh　oh ところで僕の唄は何処に……

目を閉じれば遠くうかぶ
深い夜空に流れるメロディー
何処から来たかさえ忘れそうさ
凍えるほどの雪になった日、セントルイス
oh　oh　oh
それで僕の唄は何処に……

ゆうべみた夢遠くうかぶ
はるかに横たわるミシガン（湖）の水
いつまでも終らせたくない
ジャンプするブルースな夜、
イリノイ・シ・カ・ゴ！

目を閉じれば遠くうかぶ
青空にのびるハイウェイ61
何処へでもたどり着けそうな
どちらに曲がろうかあの十字路《クロスロード》を

ところで僕の唄は何処に……
それで僕の旅は何処へ……

BLUE MOON

大人の真似ではなくて
子供の振りでもない
誰かの受け売りではなくて
何かの無理じいでもない

Ah　今夜月がとっても青いって　唯それだけで
遠回りして帰るなんてちょっと　イ・カ・ス！

風に吹かれるなら南風
歩き続けるなら春の径
君を連れ出すなら熱い街
夢をみるなら宇宙の果て

Ah　今夜月がとっても青いって　唯それだけで
遠回りして帰るなんてちょっと　イ・カ・ス！

おいしい水を飲んでいたい
果てしない物語　読んでいたい
悲しきテレビなら買い換えたい
名も無い花こそ咲かせたい

Ah　今夜月がとっても青いって　唯それだけで
遠回りして帰るなんてちょっと　イ・カ・ス！

大人の真似ではなくて

子供の振りでもない
誰かの受け売りではなくて
何かの無理じいでもない

Ah　今夜月がとっても青いって　唯それだけで
遠回りして帰るなんてちょっと　イ・カ・ス！
Ah　今夜月がとっても青いって　唯それだけで
遠回りして帰るなんてちょっと　イ・カ・ス！
Ah　今夜月がとっても青いって　唯それだけで
遠回りして帰るなんてちょっと　イ・カ・ス！
……

風に吹かれるなら南風
歩き続けるなら春の径
君を連れ出すなら熱い街
夢をみるなら宇宙の果て

大人の真似ではなく
子供の振りでもない……

L・O・V・E

とても　疲れてるんで
今夜君を　抱けないみたい
こんなにそばに　oh oh　居られる夜なのに
開いたままの　裸の心
こんなに　触ってるのに

べつに　疲れてないけど
今夜君を　抱けないみたい
こんなに近くで　oh oh　感じたい夜なのに
開いたままの窓からいい風
こんなに吹き込むのに

どうしようもない　くらい（cry）の
どうしようもない　くらい（cry）の
どうしようもない　深い夜もあるさ……

とても　疲れてるけど
今夜も君を　抱きたいみたい
どんなに遠く　oh oh　離れてる夜でも
開いておくれ　裸の心
僕にもっと　見えるくらい（cry）
開いておくれ　裸の心
君が全部見えるまで

どうしようもない　くらい（cry）の
どうしようもない　くらい（cry）の
どうしようもない　深い夜もあるさ
どうしようもない　くらい（cry）の
どうしようもない　苦い夜もあるさ

どうしようもない　くらい（cry）の
どうしようもない　くらい（cry）の
どうしようもない　寒い夜だから……

LIFE

（1）

1．その男の部屋の壁という壁には

2．破れかけた時間と人生が張りめぐらされ

3．瓶詰めのパイナップルのような

4．ふやけたきのうが大事にしまいこまれている

5．どの街に出かけるのにも便利な事以外

6．これといって取柄のない路地裏と

7．塀を乗り越えれば簡単に手に入りそうな

8．太陽の丘にはさまれた　そんな毎日

Ah．いったい彼は何を選んだのか？

（2）

1．飛行船とダイナマイトが引き出しの宝物

2．でも幸せの使い道はわからないまま

3．何故だろう？　何故かしら？　が口癖で

4．破けた夜のポケットからの世界を覗いている

5．ミルクティー程度の甘い夜をおかわりして

6．マッシュルームのBedに横たわる

7．地下街の王子様で一夏がっぽり稼いで

8．時間切れのないシンデレラに夢を託す

Ah．いったい彼は何を選んだのか？

ところで　どーだい　今夜の気分は
どーだい　何を感じてる？
今夜　気分は　どーだい
うまくやってるかい？

（3）
1. その男のたった一つの勲章は
2. アイスホッケーの花形だった学生の日々
3. アイスリンクを下りた氷のヒーロー
4. 熱のあがりっぱなしの街角でへたばる
5. 仕事場へ向かう乗り合いバスの定期便
6. 自分の居場所を探して誰かの席に腰かける
7. 出口と入口とを見間違えた寒い夜
8. ボヘミアンのコートの裾をまだひきずってる
Ah. いったい彼は何を選んだのか？

（4）
1. 魔法の絨毯にでも飛び乗って
2. 真夜中のピンボールで花形になる
3. だけど新しい景色へのパスポートは期限切れで
4. ライトアップされた路上のディスコでさえ
　踊れない
5. 幸せのブローカーが街角で荒稼ぎ
6. でも口の軽い夜のさそいじゃ気が重い
7. 閉ざされた社会の盲目のユートピアじゃ
8. 狂った王様の戯言さえ黄金にみえる
Ah. いったい彼は何を選んだのか？

ところで　どーだい　今夜の気分は
どーだい　何を感じてる？
今夜　気分は　どーだい
うまくやってるかい？

（5）

1．その男の部屋の壁という壁には

2．破れかけた時間と人生が張りめぐらされ

3．瓶詰めのパイナップルのような

4．ふやけたきのうが大事にしまいこまれている

5．どの街に出かけるのにも便利な事以外

6．これといって取柄のない路地裏と

7．塀を乗り越えれば簡単に手に入りそうな

8．太陽の丘にはさまれた　そんな毎日

9．閉ざされた社会の盲目のユートピアじゃ

10．狂った王様の戯言さえ黄金に変わる

Ah. いったい彼等は何を選んだのか？

プレゼント

どっさりあるさ　いい日も
どっさりあるさ　いい夜も
生きていれば……　mm mm

どっさりあるさ　いい朝も
どっさりあるさ　いい夏も
生きていれば……　mm mm

はかない流れ星は
あっけない輝きでも……

どっさりあるさ　いいめざめ
どっさりあるさ　いい夢も
生きていれば……　mm mm

はかない流れ星は
あっけない輝きでも……

どっさりあるさ　いい風も
どっさりあるさ　いい明日
生きていれば……　mm mm

あっけない流れ星は
はかない輝きでも……
oh oh……

Going Down

強引だぁ《going down》　お前はいつだって
強引だぁ　お前はいつだって
人の気も知らないでさ……
強引だぁ《going down》　俺はいつだって
強引だぁ　俺はいつだって
人の気も知らないでさ……

人こそ人の鏡
人の振り見て我が身を直せ

going down down　俺もお前も
going down down　俺もお前も

人こそ人の鏡
人の振り見て我が身を直せ
強引だぁ《going down》　お前の言い分《even》
強引だぁ　俺の言い分
お互い様さ
お前と俺の言い分《even》

人の気も知らないで
人の気も知らないで
人の気も知らないで
人の気も知らないで
強引だぁ《going down》

庭

春に頬杖ついてる　君の瞳の中に
若葉の径をぬけて　俺が現われる
空に突き出た縁側じゃ　風がささやく唄になる
五月の腕の中に　君を隠してしまおう
きっとみんな　少しだけ
寒い冬に　くたびれたのさ
oh oh oh oh

何に頬杖ついて　君はどんな明日を見てる
いつかの旅の空に　俺を探しておくれ
夜空に敷いたBedじゃ　月が枕になる
五月の胸の中に　君を溶かしてしまおう
きっとみんな　少しだけ
寒い冬に　くたびれたのさ
oh oh oh oh

さあ　頬杖はずせば　北の窓の向こう
流れる雲の中　俺が笑ってるだろう
つぶやく唄がいつか　暖かな風になればいい
五月の自転車こいでく　君を包む風に
きっとみんな　少しだけ
寒いことばに　くたびれたのさ

春に頬杖ついてる　君の瞳の中に
若葉の径をぬけて　俺が現われる
君んちの庭に　きっと
春の庭に……

魔法を信じるかい？—Do You Believe In Magic?—

魔法を信じるかい？
かなわぬ願いがかなえられる
魔法を信じるかい？
ありえない事がありえる
何かを動かせそうな不思議な力

魔法を信じるかい？
思わぬ一日にめぐり逢える
魔法を信じるかい？
届かぬ想いが届けられる
何かに動かされるような不思議な力

それは子供だけのものではなくて
大人だけのものでもなくて
君の　僕の　他の誰もの
何かをあきらめないでいる
そんな想いの中にある
Do You Believe In Magic?　oh oh……
Do You Believe In Magic?　oh oh……

魔法を信じるかい？
かなわぬ願いがかなえられる
魔法を信じるかい？

新しい一日にめぐり逢える
何かを動かせそうな不思議な力

それは子供だけのものではなくて
大人だけのものでもなくて
君の　僕の　他の誰もの
何かをあきらめないでいる
そんな想いの中にある
Do You Believe In Magic?
Do You Believe In Magic?

それは子供だけのものではなくて
大人だけのものでもなくて
君の　僕の　他の誰もの
何かをあきらめないでいる
そんな想いの中にある
Do You Believe In Magic?　oh oh……
Do You Believe In Magic?　oh oh……
Do You Believe In Magic?　oh oh……
Do You Believe In Magic?　oh oh……

ねぇ　魔法を信じるかい？
ねぇ　今　魔法を信じるかい？……

テニス

明日をずーっと探してる彼女と
今日しか生きようとしない彼は
oh oh　きのうの出口で
oh oh　ちょっとはぐれた

これまでの事ばかりに浮かれてる彼と
これからの事に時々沈んでる彼女は
oh oh　今夜の入口で
oh oh　ちょっとすれ違った

だけど週末の午後には
二人何事も無かったかのように
又　楽しむだろう
いつものように　汗をかきながら
テニス　テニス……

口ほどにはそれほど強くはない彼女と
ことばほどにはそれほど優しくなれない彼は
oh oh　長い坂道で
oh oh　ちょっと息をきらした

明日をまじめに探してる彼女と
今日しか生きようとしない彼は
oh oh　明日の出口で
oh oh　ちょっと　また　はぐれる

だけど週末の午後ともなれば
二人何事も無かったかのように
又　楽しめるだろう
いつものように　汗をかきながら
テニス　テニス　テニス　テニス

生き方のカタログなら手に余るほど
でも生活の浮き沈みは　手に負えぬほど……

テニス　テニス……　テニス
テニス……

唄

つかまえようとすれば
すり抜けてしまう
君はまるで　流れる水のようさ

守ろうとしても
走り去ってしまう
君はまるで　巣立ちの日の子供のようさ

手の届くほどの　ことばのひとつ破片《かけら》で
ある日の無口な心でも　映し出せたら
君はその時　ひとつの　唄となるだろう

形をもたない　水の流れも
遥かな　空の夕映え
水面《みなも》に写せるだろう

手の届くほどの　ことばのひとつ破片《かけら》で
ある日の無口な心でも　映し出せたら
君はその時　ひとつの　唄となるだろう
君はその時　誰かが口ずさむ　唄となるだろう

抱きとめようとすれば
こぼれ落ちてしまう
君はまるで　深い海の底　砂のようさ
君はいつでも　深い海の底　白い砂のようさ
oh……

Short Vacation

あふれる光　追いかけ
くり出す　つかの間　VACATION
小麦色に染まる浜辺
さざ波かくす人波

Ah　こんなにもすばらしい時間なら
終わることなく続けばいいのに
二人悲し　たった一夏
いつわりのサーファー

泳ぎ　遊び　甲らほす
忙しい　つかの間 VACATION

真赤に陽に焼けた背中
だいなしだ　ずぶ濡れ　君の黒髪

Ah　こんなにもすばらしい時間なら
終わることなく続けばいいのに
二人悲し　たった　一夏
いつわりのサーファー

あふれる車　追い越し
ひき返す　つかの間 VACATION
紫色に染まりゆくハイウェイ
満室だ　軒並み　夕闇モーテル

Ah　こんなにもすばらしい時間なら
終わることなく続けばいいのに
二人悲し　たった　一夏
いつわりのサーファー

Ah　こんなにもすばらしい時間なら
終ることなく続けばいいのに
二人悲し　たった　一夏
いつわりのサーファー……
サーファー　サーファー……

SUMMER SAMBA

さえぎる雲もない　青空は知ってる
名付けようもない　君への想い

さえぎる雲一つない　青空なら知ってる
名付けようもない　君へのこの想い

さえぎる影もない　太陽は唄ってる
名付けようもない　君への想い

さえぎる影一つない　太陽なら唄ってる
名付けようもない　君へのこの想い

どれだけの夏を　僕等は迎えるだろう
熱い風の季節　煌めく時を
どれだけの夏を　僕等は見送るだろう
あざやかな光の季節　まぶしい時を

さえぎる雲もない　青空は知ってる
名付けようもない　君への想い

さえぎる影一つない　太陽は唄ってる
名付けようもない　君へのこの想い

どれだけの夏を　僕等は迎えるだろう
熱い風の季節　煌めく時を
どれだけの夏を　僕等は見送れるだろう
あざやかな光の季節　まぶしい夏を

例えば僕等が昔愛した　あの音楽の様な
光輝く夏を　君に届けたい
僕等が昔愛した　最高の音楽の様な
色あせることのない夏を　君に伝えたい
僕等が昔愛した　最高の音楽の様な
色あせることのない永遠を　君に約束したい

さえぎる雲など何もない　青空なら知ってる
名付けようもない　君へのこの想い
さえぎる影など一つもない　太陽は唄ってる
名付けようもない　君への熱い想い

ラ・ラ・ラ・ラ・ラ・ラ・ラ・ラ……
ウー・ラ・ラ……　ウー・ラ・ラ
ファファファファファファファファ
ダン　ダン　ドゥ　ビ　ディ　ダン　ダン

カルピス

汗ばむ夜空にぶら下がる
振り籠《ハンモック》の上で
あの人の花柄のスカートの中
夢中でもぐり込んだのさ
忘れられない初めての
夏の記憶はカルピス
それは甘いカルピスの味……

糧

空の果てから　眺めれば
そりゃぁ　どーってこともないんだろう
でも　まさか　ここは　空の果てでもあるまいし
気にもとめるは　一日の糧

流れ星を　追いかける
ある日　何処か　遠い丘の上に立って
でもまさか　流れ星などに
乗れるわけもあるまいし
丘を下りれば　探してる　一日の糧

陽は昇る　陽は沈む
あらゆる命の　どんな朝に夜にさえ

河の流れは　突然途絶えて
いつか海へとも　流れ着けなくなる日
でもまさか　消えゆく　海でもあるまいし
明日をあきらめない今日に　一日の糧

風の行方は　気まぐれで
生きる道しるべには　気まぐれで
それにまさか　風に吹かれたって

答えなどもうないし
百のことばより　一日の糧

陽は昇る　陽は沈む
あらゆる命の　どんな朝に夜にさえ

空の果てから　眺めれば
そりゃぁ　どーってこともないんだろう
でもまさか　ここは　　空の果てでもあるまいし

気にもとめるは　一日の糧
丘を　下りれば　探してる　一日の糧
明日をあきらめない今日に　一日の糧
百のことばより　一日の糧

陽は昇る　陽は沈む
あらゆる命の　どんな朝に夜にさえ……

アイ・アイ・アイ

吹き荒れる風よりも強く
お前の夜を揺さ振りたい
降りしきる雨よりも激しく
お前の夜を濡らしたい
どんな言葉より確かに
今夜お前の夜を突き刺したい
アイ・アイ・I・愛……

果てしない海よりも深く　お前の夜に泳ぎたい
聳え立つ山よりも高く　お前の夜に登り詰めたい
どんな言葉より確かに
今夜お前の夜を突き刺したい
アイ・アイ・I・愛……

燃えあがる炎より熱く　お前の夜を焦がしたい
流れ落ちる星達より早く遠く
お前の夜を飛ばしたい
どんな言葉より確かに
今夜　お前の夜を突き刺したい
どんな言葉より確かに
お前の夜を突き刺したい
アイ・アイ・I・愛……

荒野で

比べようもない程の　安らぎ乗せて
大空を白い雲が行く
気ぜわしいこの毎日から　遠ざかるかのように

過ぎ行く年月は　あまりに早いなら
今日一日くらい　ゆっくり歩け
果てしなき大地のリズム　刻み込むかのように

Ah　足りない水にも　生き延びた強い草達は
新しい風を浴びて　揺れてる
乾いた土にも　　負けない強い草達は
新しい風を受けて　揺れてる
この荒野で　この荒野で……

「自分の首を自分でしめるだなんて
そんな愚かなこと　してくれるな」と
孤独な冬を知ってる　夏の旅人の唄を聞け

例えようのないほど　胸うつ姿で
何もなかったように　夕陽が落ちる
気ぜわしいこの人の世に
おさらばするかのように

Ah　足りない水にも　生き延びた強い草達は
新しい風を浴びて　揺れてる
乾いた土にも　負けない強い草達は
新しい風を受けて　揺れてる
この荒野で　この荒野で……

冬の日

長い間電車にゆられて
今日もまた恥をかきに行く
冬のうちに終わらせたいから
暗いうちに家を出た
霧に浮かぶ駅で電車を待ってホームに立ってる

気になる事がここ二、三日尾を引いて
今日もまた　しくじりそうだけど
冬のうちに終わらせたいから
彼女をおいて家を出た
霧に浮かぶ駅で電車を待ってホームに立ってる

9時に試されて
10時に恥かかされる
11時に追い出されて
12時に帰る　それで12時には帰る……

馬鹿にされたけど
〝ありがとう、ありがとう〟と言っといた
〝今度もまたお願いします〟と言っといた
冬のうちに終わらせたいから
他のことはともかく言っといた
霧に浮かぶ駅で電車を待ってホームに立ってる

9時に試されて
10時に恥かかされる
11時に追い出されて
12時に帰る　それで12時には帰る……

みんな欲しがってる　俺も欲しがってる
誰だって欲しがってる　俺だって欲しがってる
遥かな自由へのライセンス
ライセンス　ライセンス……

長い間電車にゆられて
今日もまた恥をかきに行く
冬のうちにぜんぶ終わらせたいから
暗いうちに家を出た
霧に浮かぶ駅で電車を待ってホームに立ってる

6時半　6時半　6時半　まだ6時半……

ヒッピー・ヒッピー・シェイク

笑っちゃう　笑っちゃう　笑っちゃう
夜からはみ出して
笑っちゃう　笑っちゃう　笑っちゃう
君からはみ出して
ヒッピー・ヒッピー・シェイク
ヒッピー・ヒッピー・シェイクして
意味なく　理由《わけ》もなく
このまま何処かをほっつき歩きたい

笑っちゃう　笑っちゃう　笑っちゃう
群れからはみ出して
笑っちゃう　笑っちゃう　笑っちゃう
流れからはみ出して

ヒッピー・ヒッピー・シェイク
ヒッピー・ヒッピー・シェイクして
意味なく　理由《わけ》もなく
このまま何処かをほっつき歩きたい

笑っちゃう　笑っちゃう　笑っちゃう
時間からはみ出して
笑っちゃう　笑っちゃう　笑っちゃう
形からはみ出して
ヒッピー・ヒッピー・シェイク
ヒッピー・ヒッピー・シェイクして
意味なく　理由《わけ》もなく
このまま何処かをほっつき歩きたい

笑っちゃう　笑っちゃう　笑っちゃう
誰からもはみ出して
笑っちゃう　笑っちゃう　笑っちゃう
自分からもはみ出して

ヒッピー・ヒッピー・シェイク
ヒッピー・ヒッピー・シェイクして
意味なく　理由《わけ》もなく
このまま何処かをほっつき歩きたい

君にNight and Day

目を凝らそう　大切な君を見失わぬように
目を凝らそう　昼も夜も
oh, Night and Day

滅相もない　君なしで生きるだなんて
滅相もない　滅相もない
oh, Night and Day

強がるばかりで　すぐに図に乗る　俺！
性懲りもなしの　馬鹿者　馬鹿者　馬鹿者

目を凝らそう　君をいつも　見失わぬように
目を凝らそう　耳を澄まそう
oh, Night and Day

滅相もない　君なしで生きるだなんて
滅相もない　滅相もない
oh, Night and Day

夏の夜　冬の朝　春の午後　秋の日暮れ
目を凝らそう　君にいつも　Night and Day

強がるばかりで　すぐに図に乗る　俺！
性懲りもなしの　馬鹿者　馬鹿者　馬鹿者
粋がるわりにゃ　すぐにどじ踏む　俺！
外面いいだけの　馬鹿者　馬鹿者　馬鹿者

目を凝らそう　耳澄まそう　君にもっと
目を凝らそう　大切な君に
oh, Night and Day……

遥かな手紙《たより》（ニジェールから）

西アフリカの真ん中　サハラの真ん中にある
ニジェールという国には
ストレスという言葉がないという
月の夜ともなれば
大人も子供も唄い踊り明かすという
昔も今も……。
「一生に一度くらい、
貴方もサハラの砂を背中に敷いて
大の字に寝ころんでみるなんていうのも
いいのではありませんか」と
そんな手紙が届いた　夏も終ってゆくある朝
そんな遥かな手紙《たより》が

今僕は環八あたりで
渋滞に巻き込まれ足止めくってる
もう目と鼻の先だと言うのに
君の心にさえ　まだたどり着けない
フロントガラスの向こう　滲んだ月がぼんやり
どうやら　ひと雨やってきそうな……

ニジェールと言う国、
面積は日本の約4倍あるが、人口はわずか900万、
土地は余っているが、80％は砂漠だ。
海には面していない内陸の国で、石油はでない。
主なる生産物は、世界需要の30％を占める
ウラニュームを除いては、牛、羊、ヤギ、

それに、ピーナッツという極貧の国だ。
一人あたりの　GNPは300ドル以下……
そのくせ物価はきわめて高い。
タイやカンボジアの様にGNPも低いが、
物価も安いという国の状況とは少々訳が違う……。
一年に一度、国連開発計画というところが、
世界約200ヶ国を対象に生活実態調査なるものを行い
GNP、平均寿命、医者の数、物価などを、
数字に置き換えて生活レベルの順位を付けている。
1995年のその調査でニジェールは、
栄光の最下位であった。
しかし、その調査は、
あくまでヨーロッパ先進国のものさしでの、
良いこと、良い物、良い暮しといった
生活レベルの順位であるがゆえ、
はたしてそれが、真の意味での
幸福というものの順位であるかどうかは……
……なんとも言いきれない……
それは、なんとも言いきれない……

西アフリカの真ん中　サハラの真ん中に位置する
ニジェールという国には
ストレスという言葉などないという
月の夜ともなれば
大人も子供も唄い踊り明かすという
昔も今も……。
「一生に一度くらい、
貴方もサハラの砂を背中に敷いて
大の字に寝ころんでみるなんていうのも、
悪くはないんじゃありませんか」と
そんな手紙が届いた　夏も終ってゆくある朝
そんな遥かな手紙《たより》が

今僕は２４６あたりで
渋滞に巻き込まれ足止めくってる
約束はそれ程してないはずだけど
いいわけを　山程抱え込んで……
フロントガラスの向こう　滲んだ月がぼんやり
どうやら　ひと雨やってきそうな……

今僕はこの国のどこかあたりで
渋滞に巻き込まれ足止めくらってる
きっと目と鼻の先のはずだけど
まだ誰の心にさえたどり着けてないみたい
フロントガラスの遠く　滲んだ月がぼんやり
そろそろ　ひと雨くるな……

あした天気になれよ、なれよ……

ＬＵＬＬＡＢＹ

さあもう眠れ　心横たえて
その痛む　歩み止めて
これは君へのＬＵＬＬＡＢＹ

さあ今は眠れ　身体ほどいて
静けさに満たされて
これは君へのＬＵＬＬＡＢＹ

よるべなき旅の空なら
自分の星を眺め
君にふさわしい夜の河
さあ渡ればいいさ……

だからもう眠れ　すべてゆるめて
流れ星に導かれて
これは君へのＬＵＬＬＡＢＹ
よるべなき旅の空なら
自分の星を眺め
君にふさわしい夜の河
さあ渡ればいいさ……

だからもう眠れ　心横たえて
黄金の眠りの中へ
これは君へのＬＵＬＬＡＢＹ……

Song for You

同じ過ごすなら　このひととき
同じ過ごすなら　好きな人と一緒に居たいさ
かけがえのない　ひとときなら　なるべく

誰だって　そのひととき
同じ過ごすなら　好きな人と一緒に居たいさ
かけがえのない　ひとときなら　なるべく

花でもなく　鳥でもなく　虫でも　魚でもなく
言葉をもって生れた　僕達は
昨日のこと　今日のこと　明日のことを
そして自分のこと　もっと話したいのさ

海でも　空でもなく　風でも　星でもなく
言葉をもってここにいる　僕達は
目にするもの　耳にするもの　手にするもの
そして感じるもの　すべて伝えたいのさ

同じ過ごすなら　このひととき
同じ過ごすなら　愛する君と一緒に居たいさ
かけがえのない　ひとときなら　なおさら

誰だって　そのひととき
同じ過ごすなら　愛する人と一緒に居たいさ
かけがえのない　ひとときなら　なおさら

花でもなく　鳥でもなく　虫でも　魚でもなく
言葉をもって生れた　僕達は
昨日のこと　今日のこと　明日のことを
そして自分のこと　もっと話したいのさ

水でもなく　光でもなく　石でも　草でも
貝殻でもなく
言葉をもってここにいる　僕達は
目にするもの　耳にするもの　手にするもの
そして感じるもの　すべて伝えたいのさ

やがて　もしか　遥かな　いつか
僕達の言葉さえ
消え去り亡びゆく時があったとしても……

目にするもの　耳にするもの　手にするもの
そして感じるもの　すべて伝えたいのさ
昨日のこと　今日のこと　明日のことを
そして自分のこと　もっともっと　話したいよ

やがて　もしか　遥かな　いつか
僕達の言葉さえ
消え去り亡びゆく時があったとしても……
かけがえのない　このひととき　愛する君に
何か伝えたこと　覚えておいて……。
かけがえのない　そのひととき　愛する君と
確かに　そこに居たことを……
Woo yeh……　Song for you……

ぼくら

くれ　僕らに
くれ　風を感じさせて
くれ　解き放して
くれよ

くれ　僕らを
くれ　裁かないで
くれ　この叫び届かせて
くれよ

世界中の果ての何処かでは
誰もが祝杯あげてる声がする
おまえを抱きつれて　彼らを探しだそう
そこで　僕らも　彼らになろう

だから
くれ　僕らを
くれ　解き放して
くれ　風の響き感じさせて
くれよ

この世の果て　あの世の果ての何処かでは
誰もが自由のメロディ口ずさむだろう
おまえを抱きつれて　その地を訪ねよう
そこで　この唄の中で　僕らも彼らになろう

だから
くれ　僕らを
くれ　解き放して
くれ　風を感じさせて
くれよ

くれ　僕らを
くれ　裁かないで
くれ　この叫び届かせて
くれよ

だから　くれよ　早くくれよ
くれ　僕らに
くれよ　くれよ　早くくれよ
くれよ　その日をくれ

ウー・ラ・ラ・ラ

ウー・ラ・ラと　唄でも口ずさんで
ウー・ラ・ラ　夜明けまで　遠くをぶらつこう
ウー・ラ・ラと　ただ唄でも歌いながら

CHABO BANDのテーマ

BANDが　はじまるぜ
BANDが　動きだす
BANDが　ころがるぜ
BANDが　稼ぎだす

西から東まで　北から南まで
どこへでも　行くさ

BANDが　はじまるぜ
BANDが　動きだす
BANDが　ころがるぜ
BANDが　稼ぎだす

メンフィスからシカゴまで
ミシシッピー越えて
ブルースを探して

さあ　新しい季節へ飛び出して行こう
さあ　実り多き　豊かな収穫の季節へ

BANDが　はじまるぜ
BANDが　動きだす
BANDが　ころがるぜ
BANDが　稼ぎだす

coffee BLUES

午前三時　草木も眠る頃
でもおまえと俺にゃ　まだ宵の口さ
さぁ　熱いコーヒーを入れてあげよう

おまえときたら　甘いものが大好きで
今夜もチョコレートのついた
ドーナツかなんか隠し持ってる
それで　熱いコーヒーが入るのを待ってる

眠れない夜なら　眠らない夜に変えて
今生きてる　このひととき
おまえともっと感じていたい
さぁ　熱いコーヒーのおかわりはどーだい？

さぁ　夜明けも近い　まぶしい朝陽をおがもうか
だから　おまえと俺　もう少し　このまま
そのまんまで
入れたコーヒー　熱いまま　さめぬままに

午前三時　草木も眠る頃
でもおまえと俺にゃ　まだ宵の口さ
さぁ　熱いコーヒーをもう一杯入れてあげよう

You are the sunshine (of my life)

君は俺の太陽　たとえ空が曇っても
まぶしい君の微笑　それが俺の太陽
君は俺の太陽　たとえ暗い雨の日も
明るい君の笑い声　それが俺の太陽

素顔のままでいつも
君はそこにいてくれればいいのさ
素直な心いつか　俺が忘れてしまいそうな時にも

You're the sunshine of my life
輝いて……

君は俺の太陽　たとえ強い風の日も
静かな君のまなざし　それが俺の……

素顔のままでいつも
君はそこに唯いてくれればいいのさ
素直なことばいつか
俺が見失ってしまいそうな時にも

You're the sunshine of my life
どうぞ輝いて……

君は俺の太陽　たとえ道に迷っても
明日を照らしてくれる　君は俺の太陽
君がいつも俺の太陽

You're the sunshine of my life

Holiday

ゆるく窓を撫でてく　風の音に目覚めれば
この街のうわさ話など　何処《どこ》吹く風
乱れる心さえない

Ah　今日はHoliday　荷物をそこらに投げ出して
さあ　Holiday　陽だまりの中　ぼんやりと
時に身を任せるのが　いいさ……

働きづくめ　馬車馬の毎日に
はりきる夜も　たじろぎ萎《な》える
形のない　答えのない　明日の名前知らぬまま

でも　今日は　Holiday　何処か
海にでも出てみようか
さあ　Holiday　何か映画でも観に行こうか
ポップ・コーンのように　はじけるやつをさ……

Ah　覚えてる　子供の頃（を）
Ah　覚えてる　まるで〝休日のような毎日〟を……

ゆるく窓を撫でてる　風の音に気がつけば
誰のためでもなく　何のためでもない
例えば　いつかの遠い夏へと帰る

Ah　今日はHoliday　重たい荷物を投げ出して
さぁ　Holiday　陽ざしの中ぼんやりと
時に身を任せるのがいいだろう

Ah　覚えてる　子供の頃（を）
Ah　覚えてる　まるで〝休日のような毎日〟を……

今日はHoliday　心弾ませてくれる
さあ　Holiday　おまえの胸にも届きそうな
スウィート・ソウルな音楽でも　さぁ　流そう……

Everyday will be like a Holiday
…………
…………

真夜中を突っ走れ！（Drive on）

真夜中を突っ走れ　真夜中を突っ走れ
大人の意志で子供を生きてる
大人の意志で子供を生きてる
真夜中を突っ走れ　真夜中を突っ走れ
Drive on　Drive on

真夜中を突っ走れ　真夜中を突っ走れ
大人の意志で子供を生きてる
大人の意志で子供を生きてる
真夜中を突っ走れ　真夜中を突っ走れ
Drive on　Drive on

流れに背いてでも
踏み出す足をすくわれてでも
真夜中を突っ走れ　真夜中を突っ走れ
大人の意志で子供を生きてる
大人の意志で子供を生きてる
真夜中を突っ走れ　真夜中を突っ走れ
Drive on　Drive on

白い旗を掲げてでも　両の腕を頭にかざしてでも
真夜中を突っ走れ　真夜中を突っ走れ
Drive on　Drive on

真夜中を突っ走れ　真夜中を突っ走れ
大人の意志で子供を生きてる
大人の意志で子供を生きてる
真夜中を突っ走れ　真夜中を突っ走れ
Drive on　Drive on

青ざめた心ぶらさげて
崖っぷちから身をのりだしてでも
真夜中を突っ走れ　真夜中を突っ走れ
大人の意志で子供を生きてる
大人の意志で子供を生きてる
真夜中を突っ走れ　真夜中を突っ走れ
Drive on　Drive on

遥か輝く満天の星くず
その灯りが幻だとしても
遥か輝く満天の星くず
その灯りが幻だとしても

真夜中を突っ走れ　真夜中を突っ走れ
大人の意志で子供を生きてる
大人の意志で子供を生きてく　君……

Drive on　Drive on

風景

時代遅れの古い小さな洗濯機が
汗だくになってまわってる　命からがら
朝っぱらから　やかましいぜ　カラス
夕べのおまえの謎かけが解けぬまま
でも　だからといって　何だというわけでもない
表通り風が舞い起こる　南風

路地裏に腰を下ろして　いっぷくふかしてる
長寿庵の出前のあの子
つまらない大人だけには　なりたくないと言って
子供には罪がないってことを知ってる子供達の罪
でも　だからといって　何だというわけでもない
表通り風が舞い起こる　南風

それにしてもいつだって短いのさ　春・夏・秋・冬

新しいスタイルのロックン・ローラー
今夜も何か切り刻んでる
研ぎ澄まされたかのような
若さの煌《きら》めきナイフに
でも　だからといって　何だというわけでもない
表通り風が舞い起こる　南風

新しいスタイルの　ボーイズ・アンド・ガールズ
今夜も何かにラリってる
はじけ飛び散るかのような
若さの青い血　ドラッグに

でも　だからといって　何だというわけでもない
表通り風が舞い起こる　南風

それにしてもいつだって短いのさ　春・夏・秋・冬
どいつも　こいつも……

寝不足の街角に　苛立ちの16ビート
心にもない無駄口たたいてる俺
やかましいぜ　ＴＶ如きの中の退屈
夕べのおまえの謎かけが解けぬまま
でも　だからといって　何だというわけでもない
表通り風が舞い起こる　南風

時代遅れの古い小さな洗濯機が
息をきらして　何かを洗ってる　命からがら
やかましいぜ　宵っ張りのカラス
夕べのおまえの謎かけが解けぬまま
でも　だからといって　何だというわけでもない
表通り風が舞い起こる　南風

でも　だからといって　何だというわけでもない
でも　だからといって　何だというわけでもない
……

それにしてもいつだって短いのさ　春・夏・秋・冬
どいつも　こいつも……

熟れきったザクロのような夜を突き抜けて
行ってしまいたいぜ　おまえの身体の向こう側
……

孤独のシグナル

愛することの意味さえ　まだ　知らぬまま
誰でもない誰かと　どこかで繫がろうとしてる
あてどない夜に君は　送り続ける孤独のシグナル

傷つくことの意味など　まだ　知らぬまま
誰でもない誰かと　何かで繫がろうとしてる
さまよう夜に君は　待ち続ける孤独のシグナル

Ah　何を求めて　君はそこに居るのだろうか
Ah　何を恐れて　君はそこに居るのだろうか
Ah　どんな未来を君は引き受けるのだろうか

会いたい　愛する人に
会いたいのさ　愛すべき人に
会いたいのさ　人は誰でも　早く　いつでも

大切なものにいつか　もしも気づいた時に
誰でもない自分に人は　出会えるのだろうか
まだ見ぬ明日に君は　打ち続ける孤独のシグナル

Ah　何を求めて　君はそこに居るのだろうか
Ah　何を恐れて　君はそこに居るのだろうか
Ah　どんな未来を僕等は引き受けるのだろうか

会いたい　愛する人に
会いたいのさ　愛すべき人に
会いたいのさ　人は誰でも　早く　いつでも

会いたい　愛する人に　会いたいのさ
愛すべき人に
会いたいのさ　人は誰でも　早く　いつでも
きっと……

ルート66

さぁ　どこかへDriveするなら
この道を行きな　サイコーのハイウェイ
ぶっとばせ　ルート66

Hey!　シカゴからロサンゼルス
くねくね曲がって　２０００マイルさ
ぶっとばせ　ルート66

さぁ　セントルイス　Down to ミズリー
オクラホマ・シティはなんてステキな街
アマリロ　ホラもうニューメキシコ！

Ah!　どの街もみなゴキゲン
このまま（いっそう）住みたい気もするけど

（Ah）Drive続ける　このハイウェイ
彼女の笑顔　となりに乗っけて
ぶっとばす　ルート66

さぁ　セントルイス　Down to ミズリー
オクラホマ・シティはなんてステキな街
アマリロ　ホラもうニューメキシコ！

Ah!　どの街もみなゴキゲンさ
このまま（いっそう）住みたい気もするけど
（Ah）旅を続ける　このハイウェイ
青空の道　月光の道

ぶっとばす　ルート66
Get your kicks on route66

（オリジナル：ボビー・トループ）

Good Morning

Good, good Morning
How are you
Good, good Morning
おはよう

世界中の誰かから　世界中の誰かへ
世界中の何処からか　世界中の何処かへ
Good, good Morning
How are you

Good, good Morning
おはよう

世界は今　日の出を待ってる
世界は今　新しい日の出を待ってる

Good, good Morning
How are you
Good, good Morning
おはよう

Good Day

Ah　今日はすごくいい天気
女の子がフルーツをむいてる
吹きぬける風はカラフルで
愚痴の破片《かけら》もこぼれない
友達が届けてくれた
甘いお菓子をほおばってる
タバコの煙の向こうで
隣の奥さん何かつぶしてる
Ah　こんな日はお前と一緒にいたい
Ah　こんな日はお前とここで

ゆうべみた夢　何度でも
どこまで行っても河のほとり
泣いて笑って怒って歩いて
どこまで行っても河のほとり
でも　コーンフレーク程度の未来なら
大丈夫　今はコンビニでも手に入るらしい
陽の当たる坂道をアベック達が駆け上がってく
Ah　こんな日はお前と一緒にいたい
Ah　こんな日はお前とここでずっと

Ah　今日はすごくいい天気
女の子がこっそりフルーツをむいてる
窓辺に腰かけて弾けるブルースを聞いてる
昨日今日程度の失し物なら
大丈夫　今はコンピュータが見つけてくれる
昼寝をしてるのは机と椅子とボールペンと腕時計

Ah　こんな日はお前と一緒にいたい
Ah　こんないい日はお前とここで
Ah　こんな日はお前と一緒にいたい
Ah　こんないい日はお前とここでずーっと
だらだらと……

Voltage

ボルテージは上がってく　ボルテージが
ボルテージは上がってる　ハイヨ　ハイヨ

ボルテージは上がってく　ハイヨ　ハイヨ
ボルテージは上がってる　ハイヨ　ハイヨ

結構　辛抱強いんだ　打たれても打たれても
結構　辛抱強いんだ　打たれても打たれても

ボルテージは上がってる　ハイヨ　ハイヨ
ボルテージは上がってく　ハイヨ　ハイヨ

楽な気分でいたいよ　楽な気分で
楽な気分でいたいよ　楽な気分で
徹底的に働いて　徹底的に遊んで
徹底的に働いて　徹底的に遊んで
しかも楽な気分で　しかも楽な
しかも楽な気分で　しかも楽な

食べるならタイ料理
今ここに居る喜び
飲みほすなら赤ワイン
今ここに居る喜び

ボルテージは上がってる　ボルテージは
ボルテージは上がってく　ハイヨ　ハイヨ

時代に負けない根性　時代に負けない
時代に負けない根性　時代に負けない
誰がたて直すの経済　経済危機
誰がたて直すの経済　危機一発
俺ん家の猫の名はKiKi〝きき〟違い
キイちゃん！

肩のこらない友達　欲しいのは友達
繰り出すなら海辺の町　欲しいのは休日
ボルテージは上がってる　ハイヨ　ハイヨ

食べるならタイ料理
今ここに居る喜び
飲みほすなら赤ワイン
今ここに居る喜び

増えてくもの　減ってくもの
目立ってくもの　それ
増えてくもの　減ってくもの
日に日に　目立ってくもの　それ

でも結構　辛抱強いんだ　打たれても打たれても
結構　辛抱強いんだ　踏まれても踏まれても
日当りのいい部屋　住むなら日当たりのいい
日当りのいい彼女　風通しのいい生き様

時代に負けない根性　時代に負けない感情
時代に負けない愛情

ボルテージは上がってる　ハイヨ　ハイヨ
ボルテージは上がってく　ハイヨ　ハイヨ

サイクリング

軽やかに滑るよ　そよ風に乗ってサイクリング
気の持ち様次第で　一日の天気も変わる
君の昨日の胸の痛み　誰が知る術もないけど
君の昨日の身体の痛み
誰が代われる術もないけど

みなぎる日差しの中
青空のずーっと向こう
遥かなる山の呼び声が
僕達を誘い招く　さあ行こう！　サイクリング

朗らかに弾むよ　向かい風縫ってサイクリング
考え方一つで　一日の意味も変わる
君の今日の胸の痛み　誰が知る術もないけど
君の今日の身体の痛み
誰が代われる術もないけど

みなぎる日差しの中
青空のずーっと向こう
遥かなる山の呼び声が
僕達を誘い招く　さあ行こう！　サイクリング

生きてゆくことを　選んでゆく僕達は
若さだけではない美しさ　いつか知るだろう
君の明日の胸の痛み　誰が知る術もないけど
君の明日の身体の痛み
誰が代われる術もないけど

染まりゆく黄昏の中
夕焼け空のずーっと向こう
遥かなる山の呼び声が
僕達を誘い招く　さあ行こう！

生きてゆくことを　選んでゆく僕達は
若さだけではない輝きにも
いつかきっと気づけるだろう
さあ行こう！　サイクリング
もっと　遠くへ！　サイクリング

Heaven

窓の外　不思議な池が見える
笑ってるような　満月を浮かべて

草花の廊下を渡って　食事に出かける
篝火《かがりび》を揺らす夜風が　なにげなくエレガント

時間を飛び越えた　四つの季節
誰の顔にさえ　見覚えすらない

偽物ゴーギャンも　くつろいでたたずむ
妖しげなカマキリさえ　どことなくエレガント

oh oh oh　oh Heaven
oh oh oh oh oh　そこは　Heaven

見渡す限りの　黒光りする大地
他に何もないこと　そのことこそエレガント

すべてが物語の　どんでん返しのような
止めどない衝撃だから　痺《しび》れるほどエレガント

oh oh oh　oh Heaven
oh oh oh oh oh　そこは　Heaven

窓の外　不思議な池が見える
呑み込んでゆくように　満月を沈めてる

突然吹き出す　星くずのジャグジー
微笑んだ彼女は　サイコーにエレガント

ここへ来て　エレガント
ここへ来れて　エレガント
そこでこそ　エレガント

Heaven……　Heaven……　Heaven……

Chicago Rain

夜になると　時々　ふと思うのさ
長い夜には　時々　ふと思うのさ
俺が君のこと　信じているように
君は俺のこと　信じているだろうか
Chicago Rain　冷たい雨が降る
Chicago Rain　ホテルの窓を濡らす

君を傷つけまいとしたことが
君を傷つけたことになったのかも
俺が君のこと　信じているように
君は俺のこと　信じているだろうか
Chicago Rain　冷たい雨が降る
Chicago Rain　今夜ホテルの窓を濡らす

今　俺は夜の闇の中で
優しさの意味を考えてる
君に何を伝えることが　優しさになるのだろう
君に何を伝えないことが　優しさになるのだろう

夜になると　時々　ふと思うのさ
長い夜には　時々　ふと思うよ
君が俺のこと　信じてくれてるように
俺は君のこと　信じているだろうか

Chicago Rain　冷たい雨が降る
Chicago Rain　今夜ホテルの窓を濡らす
Chicago Rain　冷たい雨が続く
Chicago Rain　今夜ホテルの窓が曇る

Chicago Rain
Rainy Night In Chicago
Chicago Rain
Rainy Night In Chicago

男もつらいよ！（but don't give up!）

日照り続きのこの街じゃ
男はとっくに息切れしてる
砂漠で水にはぐれたように
彷徨《さまよ》う　足取りも乾いてる

何かにこだわってるうちに
誰かを失うのだろう
何かを決めかねてるうちに
何処かに行きそびれてしまうのだろう

昨日の事を気に病んで　今日の事に気もそぞろ
明日の自分が気がかりで
家族の今日など気にも留められてない

でも　don't give up!
don't give up!　don't give up!
背中で聞いてる言葉はいつでも
ガンバッテ！　ガンバッテ！

形にならない胸の内　寝言　譫言《うわごと》　独り言に
心もて余してる夜に　身体は使い果たしてる
世間話に耳を奪われ　世間と自分を比べてる
世界のNEWSにゃ目を向けても
家族のNEWSにゃ耳も貸せてない
でも　don't give up!

don't give up!　don't give up!
背中で聞いてる言葉はいつでも
ガンバッテ！　ガンバッテ！

日照り続きのこの街じゃ
男はとっくに息切れしてる
砂漠で水にはぐれるように
彷徨《さまよ》う　口先も乾いてる

don't give up!　don't give up!
don't give up!　don't give up!
don't give up!　don't give up!
don't give up!　don't give up!

プリテンダー

寒い季節もやがて過ぎ行こうとしてる夜
君はやっぱり背中まるめて家路につくのだろうか
退いて、退いて、歩いてきた道
Ah　君は今も変わらない
この街のプリテンダー

手離さなかったものとして残ったものは
使い道のない想い出と役立たずのプライド
逆らって、逆らって、歩いてきた道
Ah　君は今も変わらない
この街のプリテンダー

それでもまだ　甦ることもあるはずだろう
あの燃えたぎる夏の舗道を駆けぬけて行った
君の陽に焼けたまぶしく煌めく太陽の季節よ
Ah　プリテンダー

暖かな一日もすぐそこに訪れようとしてる朝
君はやっぱり背中まるめて家を出てくのだろうか
振りはらって、振りはらって、歩いてきた道
Ah　君は今も変わらない
この街のプリテンダー

それでもまだ　甦ることもあるはずだろう

あの燃えたぎる夏の舗道を駆けぬけて行った
君の陽に焼けたまぶしく煌めく太陽の季節よ
Ah　プリテンダー

寒い季節もようやく終わろうとしてるこの夜
君のまるめた背中を遥かな星灯りが照らしてる
今夜　口ずさむ唄はあるだろうか
今夜　口ずさみたい唄はあるだろうか
今夜　口ずさむ唄などあるだろうか
今夜　口ずさめる唄があるだろうか

君は今も変わらない　この街のプリテンダー
Ah　君は一体いつまで変わらない
この街のプリテンダー

それでもまだ　蘇ることもあるはずだろう
あの燃えたぎる夏の舗道を駆けぬけて行った
君の陽に焼けたまぶしく煌めく太陽の季節よ
Ah　プリテンダー　プリテンダー
oh yeh……

この街の君は……俺は……
……プリテンダー

ガルシアの風

ガルシアの風に吹かれて　僕等は丘を渡ってく
陽だまりの里に辿着いたら
なだらかな坂道　川へと降りてく

君は自由の服に着替えて
冷たい川の水に足をひたす
〝幸運なお陽様〟が顔をのぞかせ
僕等を祝福する

ああ　どうにもならぬ事など　何もなかったのです
ああ　どうしようもない事など
何ひとつなかったのです

草木を植え　花を育て　水を汲む
風をつかみ　夜空を仰ぎ　月に祈る
祭りの夜に　火を焚き　唄を詠み
収穫の雨を乞う

さあ　明日の子供達よ　海へ森へ走れ
世界中のささやかな夕食のテーブルから
おいしいごちそうが消えてしまう　その前に

ああ　どうにもならぬ事など　何もなかったのです
ああ　どうしようもない事など
何ひとつなかったのです

ガルシアの風に吹かれて
僕等は遥かな丘を渡ってく
陽だまりの里に辿着いたら
なだらかな坂道　川へと降りてく

僕等はみんな自由の服に着替えて
冷たい川の水に足を投げ出す
やがて漆黒の夜が訪れたら
僕らは　盗まれた星達を取り返しに行く

ああ　どうにもならぬ事など　何もなかったのです
ああ　どうしようもない事など
何ひとつなかったのです

ああ　どうにもならぬ事など　何もないのさ
ああ　どうしようもない事など
何ひとつないのさ
ああ　どうにもならぬ事など……
ああ　どうしようもない事など……

いいぜ Baby

月灯りを映した　真夜中の海はいいぜ
この世のすべて　受け容れてるかのようで

風に吹かれて揺れてる　しだれ柳はいいぜ
浮き世の戯れ事　受け流してるかのようで

Ah　でも　今夜のおまえはそんなもの以上さ
Ah　でも　今夜のおまえは何よりもいいぜ
Well, still I love you　oh……　oh……
oh yeah　何よりいいぜ
いいぜ　Baby

草原に咲いた　名も無い小さな花がいいぜ
どんな詩人達の美しい言葉より
きれいな気がする

夜の糸を紡いでる　少女の独り言はいいぜ
どんなお偉い方々のありがたいお言葉より
リアルな気がする

Ah　でも　今夜のおまえはそんなもの以上さ
Ah　でも　今夜のおまえは何よりいいぜ
Well, still I love you　oh……　oh……

oh yeah……　何よりいいぜ
いいぜ　Baby

春めく街を彩り
道行く娘達の軽やかな足取りはいいぜ
生きてく希望の力なんて
そんなところにあるような気がする

母なる大地に横たわる　豊かな水の流れはいいぜ
関わるものすべて　受け容れてくかのようで

Ah　でも　今夜のおまえはそんなもの以上さ
Ah　でも　今夜のおまえは何よりいいぜ

Well, still I love you　oh……　oh……
Oh yeah……　どんなものよりいいぜ
Well, still I love you　oh……　oh……
明日また出かけて行こう
Ah　遠ざかる青い幻に　今別れを告げて
Well, so I love you　oh……　oh……
今夜感じるおまえは最高にいいぜ
いいぜ Baby……　すごくいいぜ……
いいぜ Baby……

いいぜ Baby……

My R&R

何処でもない何処からか
やって来たのなら
何処でもない何処かへ
帰って行けばいいサ

身体に流れる血には　どの国の色もない
とりたてて何処かアジアの色なども流れてない

覚えた事は自分を知ろうとすること
事のはじまりは例えばそれは俺なら
THE BEATLES……　oh yeh

新し物好き　流行り物に手を出す
新し物アレルギー　流行り物に手をやく

十年二十年ごときの世代論などぶつより
百万光年の星くずにでもなって
遥か宇宙の果てへ飛び散りたい

覚えた事は君を愛すること
事のはじまりは例えばそれは俺なら
JIMI HENDRIX……　oh yeh

行くあてのない心細さ　大空に放り投げて
明日の唄　口ずさんで

歓び悲しみ憎しみ慈しみ

いつの日か願わくば
祈りへと変えて

覚えた事は自由であろうとすること
事のはじまりは例えばそれは俺なら
MISSISSIPPI DELTA BLUES……
oh yeh

何処でも何処からか
流れて来たのなら
何処でもない何処かへ
流れて行けばいいサ
oh,oh,oh　oh,oh,oh
oh,oh,oh　oh,oh,oh
oh,oh,oh　oh,oh,oh
My Rockn' Roll……

家路

Ah　だから今夜はもう少し
俺と一緒に居ておくれ
大丈夫　月が隠れたって
送って行くから君の家まで
yeh! yeh!

Ah　だから今夜はもう少し
俺と一緒に歩いておくれ
心配しないで　明日の雲行きなんか
送って行くから君の家まで
yeh! yeh!

二人の好きなメロディー
口笛に吹いて　さぁ

Ah　だから今夜はもう少し
俺に夢をみさせといて
聞いてごらん　風の囁きさえ
送ってくれてる　君の家まで
yeh! yeh!

二人の好きなメロディー
口笛に吹いて　さぁ

2000-2009

散歩

今日はとてもいい日だナ
仕事の手を休めて　出かけようよ
商店街の先まで

今日も僕は　いい気分
昼間の短い陽射しを浴びに行こうよ
街のはずれまで

君は僕に身体もたれ　ムー
〝きっとうまくゆくわね〟
そう言いながら　そう想いながら　歩いている……
あの角を曲がろう……

君は僕に身体もたれ　ムー
〝きっとみんなうまくゆくわね〟
そう言いながら　そう想いながら　歩いている……
あの角を曲がろう……

今日はとてもいい日だナ
仕事の手を休めて　出かけようよ
街のはずれまで……

Born in 新宿

俺は生まれた新宿　１９５０年
俺は生まれた新宿　１９５０年
高度成長　真只中

俺の最初の友達は　バットとグローブ
俺の最初の友達は　バットとグローブ
背番号３番にあこがれた　野球少年

俺のその次の友達　これが決定的
俺の二番目の友達　それが決定的
バットとグローブ捨てて手に入れたエレキ ギター

俺はさっそくバンドを組んだ　中学の頃　それで
俺はさっそくバンドを組んだ　中学三年の夏
思えばあれからずーっと俺は　バンド・マン

俺は生まれた新宿　１９５０年
俺は生まれた新宿　１９５０年
高度成長　真只中　日本

俺は今も唄ってる　この街　新宿で
それで　俺は今もギター弾いてる　この街あの街
西暦２０００年　俺はここにいる

Who'll stop the rain

甘い夢ばかりも　見ちゃあいられない
くそみたいな事は　山程あるぜ
でも　見上げてみるのさ　この広い夜空を
ああ　雨を止めてくれるのは　どんな神様……

おまえのことを　変わらず愛してるぜ
クソみたいな気分でも　くさっちゃいない
さぁ　見上げてみよう　この広い夜空を
ああ　雨を止めてくれるのは　どんな神様……

何かに押しつぶされそうな　Heavyな夜もあるぜ
くそみたいな一日に　すべてがぶちこわれそうさ
でも　見上げてみるのさ　この広い夜空を
ああ　雨を止めてくれるのは　どんな神様……

おまえの元気な笑顔が　俺の宝物さ
くそみたいな奴等にも　笑いかけてやろう
さぁ　見上げてみろよ　この夏の夜空を
ああ　雨を止めてくれるのは　どんな神様……

くそみたいな時代さ　くそみたいなこの国さ
だからくそみたいなこんな俺でも　生きてゆけるぜ
さぁ　見上げてみろよ　この広い夜空を
ああ　雨を止めてくれるのは　どんな神様……

さぁ　見上げてごらん　夜空の星を
ああ　雨を止めてくれるのは　どんな神様……
さぁ　おまえともう一度　いい夢見よう
And I wonder, still I wonder,
Who'll stop the rain……

スケッチ N.Y. '98

やんちゃそうな愉快な猫のふくれっ面が
古いビルの大きな壁に張りついてたら
僕はゆるやかな陽ざし求めて
ダウン・タウン　ソーホー　小さなカフェの庭で
いっぷくふかしてる
カフェ・オーレの香りの向こう
見るもの聞くものすべて
これがうわさのN.Y.

間が抜けたようなでっかい
カップ・ヌードルの看板が
北風の中　西陽を浴びて
はずかしそうに突っ立ってら

僕はコートの襟を立てて
タイムズ・スクエア　人混みの路上
空っぽのイエロー・キャブを待ってる
行き交う人達の足早な話し声の向こう
見るもの聞くものすべて
これがうわさのN.Y.

Good Time Music　聞こえてきそうな
Good Old Time Music　どこからともなく
Good Old Time Music　スプーン一杯の愛を
この街で……

ジングル・ベルの化粧しだしたストリートから

はみ出したホームレス
何もしゃべらない瞳で
何か語りかけようとしている
僕は足の向くままセントラル・パークぬけて
やっと来れた　ダコタ・ハウスの入り口の前
記念写真に収まってる
静けさ突き破るパトカーのサイレンの向こう
見るもの聞くものすべて
これがうわさのN.Y.

羽根が少し汚れてるような鳩の群れが飛んでく
ハドソン・リバー
その空のずーっと先っぽに
かすかに浮かんで見え隠れする
自由の女神拝みながら
僕は今渡ってくラッシュ・アワー

夕暮れのブルックリン・ブリッジ
きっと誰も何もそれほど
気にしちゃいないんだな
見るもの聞くものすべて
これがうわさのN.Y.

地下鉄の階段を上がって
待ちわびた街角に飛び出せば
〝スカイ・イズ・クライング〟な空の下
子供達が陽気にバスケットボール
僕はアポロ劇場背にして
ハーレム125丁目の交差点
ある日のある出来事なんか
ちょっと思い浮かべたりしてる

大切な日曜日の朝

きれいに着飾った黒人のおばあちゃん
お祈りを捧げに近くの教会へ歩ってく
僕は殊の外　たくさんの観光客と一緒に
そのお祈りする姿
教会の一番後ろの席でぼんやり見物してる
きっと誰もが　きっとどこでも　きっといつでも
探してるんだな　自分の居場所を
雨が止んだ帰りのブロードウェイ
ネオンサインの向こう
見るもの聞くものすべて
これがうわさのN.Y.

Good Time Music　聞こえてきそうな
Good Old Time Music　どこからともなく
Good Old Time Music　スプーン一杯の愛を
この街で……　君に　僕に……

歩きまわって　探しまわって
とうとう手に入れた　60年代製テレキャスター
見かけは少々古くてボロだが　かき鳴らせば
時代を越えた　とびきりの音がしそう
今僕は時が止まったような
グリニッジ・ヴィレッジ
ワシントン・スクエアの陽だまりで
出来かけの新しい唄
ちょっと口ずさんで　いっぷくふかしてる

見るもの聞くものすべて
これがうわさのN.Y.
見るもの聞くものすべて
これがうわさどおりのN.Y.
見るもの聞くものすべて
これがうわさとちょっと違う　N.Y.……

BLUES IS ALRIGHT

早いもんで　気がつけばもう五月
遊ぶヒマも眠るヒマもない
誰が悪いってわけでもないけど

貧乏ヒマなし　ヒマがある時きゃ金がない
金もヒマもないとくりゃぁ　人生ろくでもない
でもだいじょうぶ　ブルースでぶっとんでいる

Hey, Hey　BLUES IS ALRIGHT
IT'S ALRIGHT　（IT'S ALRIGHT）
IT'S ALRIGHT　（IT'S ALRIGHT）
いつだって ALRIGHT

早いもんだぜ　今年も半年過ぎた
あとの半年　寝て暮らしたいもんだな
でも誰が悪いというわけでもない

幸せがいつも他人のものじゃ　鼻につく
不幸せは自分のことほど　目につく
でもだいじょうぶ　ブルースでぶっとんでゆく

Hey, Hey　BLUES IS ALRIGHT
IT'S ALRIGHT　（IT'S ALRIGHT）
IT'S ALRIGHT　（IT'S ALRIGHT）
いつだって ALRIGHT

HORIZON

複雑な事情で昔僕らは
首をたてには振れなかった訳ではなくて
単純な理由で昔僕らは
首をたてには振らなかったのです
ごらん
今もうすぐ新しい朝日が顔を覗かせるよ

Happy Song

今唄いたいメロディー
それはこんなメロディー
今刻みたいリズム
それはこんなリズム　それで

Hey　Happy song　Hey　Happy song
Hey　Happy song　さぁ Happy song
おまえに送ろう……

明日へ急ぐでもなく
昨日を引きずるでもなく
今日を歩いてくような
この確かなテンポで　それで

Hey　Happy song　Hey　Happy song
Hey　Happy song　さぁ　Happy song
おまえに送ろう……

〝ある晴れた朝　突然〟
何かが　壊れたとしても
〝ある晴れた朝　突然〟
もし　どこかで何かが　くずれたとしても……
今伝えたいフィーリング
それはこんなフィーリング
今唄わせたいギター
それはこんなギター　それで

Hey　Happy song　Hey　Happy song
Hey　Happy song　さぁ　Happy song
おまえに送ろう……　何はなくても

Hey　Happy song　Hey　Happy song
Hey　Happy song　さぁ　Happy song
あの街へ送ろう

Re-Fresh

Re-Fresh!
Re-Fresh!
Re-Fresh!
Re-Fresh!

Re-Fresh!
Re-Fresh!
Re-Fresh!
Re-Fresh!
命の洗濯　命の洗濯を……

Re-Fresh!
Re-Fresh!
Re-Fresh!
Re-Fresh!
命の洗濯を　たまには命の洗濯を……

ハネを伸ばそう
ハメを外そう
この素晴らしき人生に乾杯を
Re-Fresh!

Re-Fresh!
Re-Fresh!

Oh Yeah!
さあ急げ！　気分転換

命の洗濯を　命の洗濯を
命あっての物種
だから命の洗濯を……

Re-Fresh!……
……
……

花園神社

合言葉は〝逃げろ花園神社へ〟
真夏の昼下がり、
その街の緑の下は治外法権のオアシスだ。
ヤクザ予備軍のＭは別件で、
明治通りを池袋まで逃げてそこで捕まった。
僕や二〜三人の僕達のようなけちくさい逃亡者達は、
この時点では自分が思っている程
社会のほうでは気にもとめていなかった。
Ｍはずいぶんと大人の国の住人だったのだ。
同じ穴のむじなの、違う種類のあいつ等と
顔をあわせるのはいやだったから、
たまにしか行かなかったが、
歌舞伎町の大通りにあった
カワイ楽器のＩさんはいい人だった。
「ゴーゴーパーティがあるからおいでよ」と
さそってくれたり、
時々お店の小物をちょろまかしてくれたりした。
こういう人は絶対いい人だった。
勿論そのゴーゴーパーティには行かなかったけど。
Ｉさんはあまり名の知れてない
グループサウンズで、
ベースを弾いていたことがある人だった。
〝三峰〟や〝高久〟は万引きのえじきの店だった。
でも僕の欲しかったのは、
シャツやズボンなんかじゃなかった。

定価四万円のでかいアンプは、そう簡単に
ポケットに入れるわけにはいかなかった。
真白な答案用紙は、真赤な赤点を約束して
中間試験が終わった日、
Iさんにリヴォルバーを借りた。
土曜も日曜日も一歩も外に出なかった。
街中の奴等をそれでうち殺してやりたかった。
騒乱の兆しが刻々と迫ってくる、
その街の縁の下で、
僕は制服を秘かに自分だけの服に着替えた。

ある日、明治通りを挟んだ
伊勢丹の向かい側のビルの地下から、
あまり見かけぬ人種の人達が、
地べたを這うようにして出て来るのを見た。
のんきにふんぞり返ったその街の心臓に、
強烈な毒の一刺しをもってひと突きするような、
あの蠍に似た足取りで。
地下室や夜は、路上の家なき子達にとって、
いつ頃からか魅惑のシェルターの一つになっていく。

昼間は歴史もガールフレンドも作らなかった。
その街の縁の下でいつからか僕は、
うっすらと夜に近ずく夕方を、
そろそろ遊び始めていた。

エレキ・ギターⅠ

毎日毎日新宿駅で電車を降りると、
その足で西口の小田急デパートの
レコード売場に寄り道した。
そして向かい側の京王デパートに寄ってから、
だいたいいつも東口の方へまわった。
たまに東口へぬける地上のトンネルを使ったが、
普通は地下街を歩いて東口の方へ出た。
紀伊國屋や伊勢丹のレコード売場をのぞくために、
そして丸井の楽器売場に寄るためにだ。
駅のそばで有名なそのデパートは、
欲しい物が月賦で買えるっていうのを知っていた。
そうだエレキ・ギターも月賦で買えるのだ。
確か五階にあったと思う楽器売場は、
他の店のそれに比べたら
とても小さなスペースだった。
まるで電機製品売場のおまけの様な。
テスコやグヤトーンがメインだった。
エレキ・ギターのメーカーだ。国産だった。
ギブソンやフェンダーは無かった。
もしあったとしても僕にはそれは唯の飾り、
見る楽器だった。
買えそうな実感がもてたのは
テスコやグヤトーンだった。
それにここならなんたって
月賦で買うことができるのだ。
セミアコのエレキを探した。

リヴァプールサウンドの多くは
セミアコを使っていたからだ。
キンクスもゾンビーズもアニマルズもゼムも
スペンサーデービスグループも
スウィンギングブルージーンズもマンフレッドマンも
そしてキースやジョージも。
テスコのセミアコを
丸井のショーウインドウに見つけた。
９，０５０円という値段を覚えている。
もしかしたら定価は８，０００円とかで、
月賦だとその値段になったのかも知れない。
誰かが買ってしまうんではないかと心配で、
毎日通ってそのギターを見張ってた。
一ヶ月にもらってた小遣いは
１，０００円だったから、
十ヶ月がんばれば良かった。

昼食をパンにしたいんだと言って
毎日のパン代を少し貯めたり、
ノートと鉛筆代からまわそうと思った。
十ヶ月がんばれば良かった。
見通しはバッチリだった。
だんだんそのギターが自分のものになる日が
近づいてくるようで興奮した。
そしてとうとう
そのテスコのセミアコを手にいれた。
本当に茶色のピッカピッカのやつだった。
ボール紙のケースを抱えて新宿のめぬき通りを
バス停まで歩いた。最高だった。
僕はもうキンクスだった。
さああとはアンプをどうするかだ。
それは中学三年の時はじめて手に入れた、
僕の最初の意志だった。

エレキ・ギターⅡ

どこかの洋服メーカーか何かの主催の
コンサートだった。
エレキ・ギターコンテストのコンサートだった。
友達と行った。
僕もすでにエレキ・ギターを持っていた。
生演奏が観たかったのだ。
出演者は大学生のバンドがほとんどだった。
ベンチャーズやシャドウズを演る
グループが多い中で、
ビートルズの〝アイ・ウォナ・ビー・ユア・マン〟を
演ったバンドが一番いかしていた。
とても上手だった。
黒いシャツのベースの人がリヴァプールしていた。

満員の会場の通路に立って観ていると、
座席に座っていた女の人が
〝横に座ってもいいわよ〟と言ってくれた。
みゆき族みたいな人だった。
横に座らせてもらった僕は、
おもいっきり窮屈な席で、
その人の香水の匂いを感じて
めまいがしそうだった。
コンサートどころではなくなった。
その日からエレキ・ギターのにおいは
たまらなくセクシーになった。

STONE

ブライアン・ジョーンズだった。
だんぜんブライアン・ジョーンズだった。
きれいな金髪を目の真上まで見事にたらして、
ストライプのスーツにコンビのシューズ。
ファイヤーバードとブルースハープで
エルモア・ジェイムスしていた。
だんぜんブライアン・ジョーンズだった。
はじめて買ったストーンズのＬＰ、
デビューアルバムのジャケットは、
濃いブルーの色調の中に
みんなが立っている写真だった。

スーツ姿のメンバーの中、
一人だけシャツにベスト姿、
それがブライアン・ジョーンズだった。
毎週日曜日の午前十一時から、
アメリカの音楽番組が放送されていた。
〝ハリウッド・ア・ゴーゴー〟というその番組に
ストーンズも出た。
うす汚れた地下室のような安っぽいセットで
R&Rするミックやキースは
とてもキュートでいかしてた。
でも、でもだんぜんブライアン・ジョーンズだった。

ロンドン乞食のストーンズも、ＴＶの中では
やっぱりアイドルの様に可愛かった。
でもＴＶカメラにあっかんべーをした奴が居た。
あんな時代のそんなＴＶの画面の中で、
あっかんべーをした奴が居た。
ブライアン・ジョーンズだった。
いかれていた。
キンクスのヘアースタイルと同じくらい、
いかれていた。
いかれてたのは「ユー・リアーリ・ガット・ミー」と
「オール・オブ・ザ・ナイト」のオーイエーと
ブライアン・ジョーンズのかまえだった。

やがてブライアンはモロッコあたりを
遠く彷徨って、そして居なくなってしまった。
新しいストーンズはみるみる巨大になって
世界をとびまわって行った。

だんぜんブライアン・ジョーンズだった。
どこにも属さないような、
ブライアンのかまえがだんぜんだった。

64年型タイプライター

古い川の土手に腰かけて唯の夕方を見ていたら、
流れる景色が時間の絶壁から落ちるのがわかった。
あんなにたくさんのヘリコプター。
ムンク色の空に突っ込んで行く赤と緑の点滅。
僕はおんぼろの太陽に乗っかってここまで来たんだ。
大笑いしながら、
そこいら中を大笑いしながらころがって、
そして太陽に乗っかって来たんだ。
カリフォルニアの真昼間で狂ってしまった様な、
デブな日本に腰かけてる僕に
突っ込んでくるヘッドライトを嘗めていたんだ。
それで泣いたんだ。泣いたんだ。泣いたんだ。

嫌いになりそうだったあの人が
大嫌いになりそうなその夜の入口で泣いたんだ。
やって来た友達と
やって来なかった友達を暗記してから、
知らない床にころがったんだ。
早く帰りたいから、
またしても早く帰ってしまいたかったから、
僕はなかば決定的なあの日の
少年院的ヒロイズムから早く帰りたくて、
指の長さと覚えている事を比べたんだ。
誰にも殺されないように
大好きな服を着て帰りたかったのだ。

壁越しのとなりの部屋から、
たった一度きりの昨日がリフレインして、
永遠の毎日に変わろうともがいていた。
指の長さ分の、短さ分の昨日が
永遠の毎日に変わろうとしていたから、
僕を止められる物も者も何も無かったのだ。
だって僕だって多分明日へ急いでいたのだから。
ビートルズなんてジョンでもポールでも
どっちでも良かったんだ。
もう僕はアメーバーのハイウェイを歩くように
アクセルを踏んで帰って行く、見知らぬエトランゼだ。
ティーンエイジャーの曲がり角へ激突せぬように、
ハンドルを握りつぶすくらい握りしめて、
見てきたものの昨日の断片を助手席に乗せて
〝もうすぐ帰るから　もうすぐ帰るから〟って
またしても呟きながら帰って行く、
権力も支配者も国籍もないハイウェイを行く
エトランゼなのだ。

億万年かかって新しい家にたどり着いた。
あのこのいつもの「お帰り」「帰ったの？」でやっ
と帰ってこれたのだ。

〝明日みんなに話をするから〟って
メモを残してベッドにもぐり込んだ。
僕は帰ったのだった。
その日本当にちゃんと帰ったのだった。

やめろよ！
地球ごときのけちな思想のまな板なんぞで
へらへらふざけながら
そんなに傷つけ合ったりするのは……。
もうやめろよ!!

少し柔らかい五月の陽差し込む部屋の中で
〝何故ならば、何故ならば、
何故ならば……〟って

永久にくり返している僕は多分、
六四年型タイプライターの子供なのかもしれない。

不動産屋

なんだか気持ちがふさぐ時、
そんな時は
〝宇宙の華〟をリゾートにどうぞ!!

絵日記'98・夏

空梅雨空を通り抜けて暑い夏がそこまで、
ここまで近づいて来ている。
俺にしては大きな、
そして長かった仕事をひとつ終わらせて、
ここ数日間、なんだか、
今まで味わったことのないような得体の知れない
虚脱感の中に叩き込まれている。
焦点が定まらないようなぼんやりとした心で
何をするにも気合いが入らないような、
何もする気にさえならないような。
いつもならこんな時には、
レコード屋とか本屋なんかをちょっと覗けば、
イェーってなもんで、
そんな気分は解消出来たはずなのに。
どんなマジックも今回ばかりは役立たずで、
ぼんやりとし続けている。
来週から名古屋、大阪、福岡と
仕事の旅があるっていうわけで、
今日はリハーサルで
スタジオに入っているっていうのに、
全然気分が乗らない。
音を出す気にもならない。
どうやら生活と生活との何やら深い谷間に
はまり込みかかっているらしい。
ああ　この気怠さは

暑さのせいばかりじゃないみたい
ああ　この気怠さは
暑さのせいばかりでもないみたい

参院選挙の宣伝カーが汗をびっしょりかいて
街中右往左往。
俺も不在者投票などと
意気込んではみるものの、
はてさて、何処の、誰の、何に、
どう期待して良いのやら。
それにしても、あの女性候補者の、
あのファッションと化粧のセンス、
どうにかして欲しい。

こんな都会の昼下がりにも
タージマハールの海が似合う。
ニーナシモンの雨が似合う。
近頃は輪郭の無いロックンロールは
暑苦しくて聴く気がしない。
今朝もジョニーミッチェルに助けられた。
あとは不滅のヘンドリクスと
ブルースとソウルのブレンドが
いつもそこにちょっとあってくれればいい。
ひとまず、ひとまずは……それでいい。

ああ　それにしてもこの気怠さは
暑さのせいばかりじゃないみたい
ああ　この気怠さは
暑さのせいばかりでもないみたい

98年のウインブルドン、サンプラスが制した。
彼はアメリカのテニスファンが嫌いだという。

リップサービスやパフォーマンスの少ない彼は
アメリカではいまひとつ人気が無いらしい。
その点、英国のテニスファンは
テニス自体を評価してくれるという。
その日から俺はちょっと、
サンプラスのファンになった。

ラニーニャ現象、ラニーニャ現象。
少し珍しい言葉をある日の夕刊に見つけた。
ラニーニャ現象、ラニーニャ現象。
赤道付近の西向き貿易風が強く
南米ペルー沖の海面温度が平年より下がることを
ラニーニャ現象というらしい。
もう一度言うと、赤道付近の西向き貿易風が強く
南米ペルー沖の海面温度が平年より下がることを
ラニーニャ現象というらしい。
統計によるとその時日本では
梅雨入りと梅雨明けが早まり、
秋から冬にかけて気温が低くなるらしい。
ラニーニャ現象。
ラニーニャとはスペイン語で
〝女の子〟という意味だそうだ。
なんだかこんな話がいい。
なんだかこんな話が今とてもいい。

ああ　それにしてもこの気怠さは
暑さのせいばかりじゃないみたい
ああ　この気怠さは
暑さのせいばかりでもないらしい

ある雑誌にコメントを頼まれた。

いろんな分野の人達の
〝どうしたらその職業に就けるか〟という
短いコメントを集めているらしい。
つまり、俺なら、
どうしたらミュージシャンになれるかという
コメントを頼まれた訳だ。
そんな事をひとことふたことで言える訳も
ありゃしないし、
第一、だいたいそんな事を
聞こうとしているヤツはミュージシャンなんて
ものになれるわけないってもんだ。
何だってそうだろう。
サッカーはサッカーボールを蹴らなければ
決してゴールには入らないということだ。
何だって同じだ。
考える前に、
考える前にギターを手にして唄えということだ。
スティックを手にしてドラムを叩けということだ。
サッカーボールを蹴飛ばせということだ。

ああ　それにしてもこの気怠さは
暑さのせいばかりでもないらしい
ああ　この気怠さは
暑さのせいばかりでもないみたい

それぞれの家は涼しさを求めて
エアコンをギンギンにかけ始める。
おかげで、表通りも裏通りも
吐き出された熱風でうだりまくってる。
昔に比べて街の温度は、
確実に何十度も上がっている。

自分の幸せや心地よさの確保が
みんな第一なのだから。
もちろん、俺だってそうだから。
ギンギンにエアコンをかけまくって、
熱帯夜をどうにか、こうにか
快適に過ごしてるってわけだ。
そして俺は、見事に、まんまと夏風邪をひいた。
科学的なそよ風を浴びたせいか、
鼻水や熱や咳、足腰の痛みといった症状だけとは
ちょっと違うような、
なにか科学的な風邪をひいた。
思えば二十世紀の夏は今年を入れれば
あと二回きりだ。
今年の夏は今年だけ。
二十世紀の小学生達は夏休みの絵日記を
どんな風に描くのだろう。

二十一世紀の小学生達は夏休みの宿題に絵日記に
何をどんな風に描くのだろう。
ちょっと、覗いてみたい気もするし、
覗いてみたくない気もする。

冷たい麦茶を飲んだ　うまい、
さあ、明日からはまた、ギターぶら下げて、
唄なんぞ唄う仕事の旅だ。
俺も、考える前に唄い出さねば。
ギターかき鳴らして俺も、
考える前に唄い出さねば。
今年の夏は今年だけだ。
俺も何やら考える前に唄い出さねば。
唄い出さねば……
さあ、暑い夏が来るぞ。

ああ　それにしてもこの気怠さは
暑さのせいばかりでもないらしい
ああ　この気怠さは
暑さのせいばかりでもないらしい

ああ　この気怠さは
暑さのせいばかりでもないらしい
ああ　この気怠さは
この暑さのせいばかりでもないらしい

ミステリー

夏の甘い調べ近づいてる
眠ってるマジカルなミステリーの中
世間のざわめきの音もしない……

夏の甘い調べ近づいてるぞ
眠ってるさマジカルなミステリーの中
世間のざわめきも眼中にないさ……

ホーボーズ・ララバイ

どんなにきつい一日も
夜は柔らかな枕で眠りたい
夏の暑さ逃れて　冬の寒さしのいで

誰かがどこかで願ってる
今日よりよりよい明日を
眠りつく夜に　星に月に祈りを込めて

さあ　おまわりさんも泥棒も
この静かな夜に一休みを
どんな追いかけごっこも
どんな争い事も一休み

いったいホーボーなんて人達は
今まだ何処かに居たりするのだろうか
まさか貨物列車で旅する訳もあるまいし
今　金鉱求めて　さまよい歩く訳もあるまいし

何から解き放たれようと
何もかもから自由でいたいと
そんな夢物語
いつも夢見てる人達のことでもそう呼ぶのかな
……ホーボー……。

どんなにきつい一日も
夜は柔らかな枕で眠りたい

夏の暑さ逃れて　冬の寒さしのいで
さあ明日の朝まで　君もゆっくりおやすみ
どんなもめ事も争いも
どんな憂鬱も悩みも一休み

さあ心休める　柔らかな夢を枕に（して）
それはいつかの暖かな　母親の胸の中
それはいつかの大きな　父親の背中
それはいつでも　愛する　恋する人への想いの中

さあ明日の朝まで　君もゆっくりおやすみ
耳を澄ませば聞こえるだろ？
このホーボーズ・ララバイ
耳を澄ませば聞こえるだろ？
このホーボーズ・ララバイ
このホーボーズ・ララバイ
このホーボーズ・ララバイ……
この……ララバイ……

（オリジナル：ゴウベル・リーヴス）

I Feel Beat

いつも　感じてたい　身体に心に
この街の Beat を
いつも　感じてたい　身体に心に
時代の Beat を

いつも　感じてたい　身体に心に
誰か打つ Beat を
いつも　感じてたい　身体に心に
時代の Beat を

いつも　感じてたい　身体に心に
世界が放つ Beat を

いつも　感じてたい　身体に心に
時代の Beat を

いつも　感じてたい　身体に心に
命を刻む Beat を
いつも　感じてたい　身体に心に
時代の Beat を

生きているということ
今生きているということ

いつも　感じてたい　身体に心に

この街の Beat を
いつも　感じてたい　身体に心に
世界が放つ Beat を

いつも　感じてたい　身体に心に
命を刻む Beat を
いつも　感じてたい　身体に心に
時代の Beat を

生きているということ
今生きているということ

生きているということ
今生きているということ……

たそがれSong

問題は山積み　誰もが疲れ気味
早　黄昏　神様どうにかしてくれ
答えは先送り　あれやこれやおざなり
もう黄昏　神様どうにかしてくれ

窓から這い出せ　さっさと
窓から這い出せ　とっとと
窓から這い出せ　おまえの俺の狭いその窓から……

状況は悪化してる　いたるとこかっかしてる
早　黄昏　神様どうにかしてくれ

見通しはあやふや　計画はうやむや
もう黄昏　神様どうにかしてくれ

窓から這い出せ　さっさと
窓から這い出せ　とっとと
窓から這い出せ　おまえの俺の狭いその窓から……

問題は山積み　誰もが疲れ気味
早　黄昏　神様どうにかしてくれ
答えは先送り　何だかんだ先細り
もう黄昏　神様どうにかしてくれ

窓から這い出せ　さっさと
窓から這い出せ　とっとと
窓から這い出せ　おまえの俺の狭いその窓から……

窓から這い出せ　さっさと
窓から這い出せ　とっとと
窓から這い出せ　おまえの俺の狭いその窓から……

夏に続く午後

久し振りに聴いてる　F·E·N
懐かしい音楽が流れてくる
まるでもう夏のような六月のある午後

良い事だけを思い出させてくれるような
あの頃のヒット曲が耳に飛び込んでくる
まるでいつかのような六月のある午後

君は大丈夫　君は
君は大丈夫　君は
新しい夏を　歩いて行くだろう

ねえ神様どうぞ叶えて下さい
あの人の心にいつもいつも太陽を
まるで迷子のように小さく怯えてるその心に

明日迎えに行くから約束の時間に
夏に向かうハイウェイ　車を走らせて
大切だと思う事だけ持ってゆけばいいさ

君は大丈夫　君は
君は大丈夫　君は
新しい夏も　歩いて行けるだろう……

久しぶりに聴いてる　F·E·N
あの頃のヒット曲が胸に飛び込んでくる
まるでもう夏のような六月のある午後
何か良い事起こりそうな六月のある午後

何かが良くなってゆきそうな……午後……
何かが良くなること信じていたい……午後……
午後……

悲しみをぶっとばせ！

Woh,oh　なあ母さん　聞こえてるかい？
生きてゆくことは　なんてぶざまなんだろう
でもなあ母さん　よく聞いてくれよ
生きてゆけることは　なんて尊いんだろう

雨が上がったら　太陽の原っぱ
きれいな花をいっぱい摘みに行こう！
Hey!　〝悲しみをぶっとばせ！〟

Woh,oh　なあ父さん　聞こえてるかい？
生きてゆくことは　なんてぶざまなんだろう
でもなあ父さん　よく聞いてくれよ
生きてゆけることは　なんて尊いんだろう

雨が上がったら　太陽のホール
きれいな音楽いっぱい聴きに行こう！
Hey!　〝悲しみをぶっとばせ！〟

雨が上がったら　太陽のふるさと
きれいな想い出いっぱい拾い集めに行こう！
Hey!　〝悲しみをぶっとばせ！〟

Woh,oh　なあ父さん母さん
聞こえてるかい？
生きてゆくことは　なんてぶざまなんだろう
でも父さん母さん　よく聞いてくれよ
生きてゆけることは　何より尊いんだよ

雨が上がったら　太陽の明日
きれいな自分にもう一度さあ会いに行こう！
Hey！　〝悲しみをぶっとばせ！〟
Hey！　〝悲しみをぶっとばせ！〟

Hey！　悲しみを……
Hey！　悲しみを……
Hey！　〝悲しみをぶっとばせ！〟

Song for Bobby

ボビーは日曜日の歩行者天国で唄ってる
古いエレキ・ギターと小さなアンプ、
壊れそうなマイクスタンドで

だんだんたくさんの人達が集まって来て、
ボビーの足下の缶空もしだいに暖まってくる

ボビーはオーストラリア人、
ずいぶん昔に国を出て、
それからずーっと気ままに世界中を唄って
旅してるらしい……

人混みの中さっきから
ずーっとボビーを見てる男がいる
多分年はボビーと同じくらい

彼は今日、奥さんと娘と久しぶりに街へ出て、
買い物してる二人と別れて、
ここで時間をつぶしてるらしい

ボビーの唄う歌に時々微笑んだり、
小さく一緒に口ずさんだりしている。
それはビートルズやボブ・ディラン、
サイモン&ガーファンクル達……

多分若い日彼はボビーとは違う場所で、
同じ時代を生きてたんだろう……

ボビーは今日のラストのステージを終えて、
缶空に貯まったお金をポケットにつっこみ、
ギターやアンプを片づける……

男はデパートでたくさんの買い物をした
奥さんと娘と落ち合って、
タクシーを拾って家路につく

ふと男は、信号待ちしたタクシーの窓越しに、
夕暮れの中、ギターを背負ったボビーが
どっかへ帰って行くのをみつける

缶ビールをひっかけながら帰ってくボビー、
明日はどの街角でまた唄うんだろう？……

男はボビーのような気ままそうな自由に憧れた、
昔の自分をちょっと想い起こした

けれど……タクシーの中、
そんな想いは奥さんと娘の賑やかな会話に
たちまちかき消された……

走り出したタクシーの窓の外、
日曜日の繁華街、賑やかな黄昏時、

恋人達や家族連れの人波かきわけて、
時々かついでいるギターやアンプを降ろしながら、
どっかへ向かってくボビーが小さく飛んでく……

男はふと、ボビーが担いでいる
気ままそうな自由は、もしかして、
ことのほか重たい自由なのかも知れないって……

男はふと、ボビーが担いでいる
気ままそうな自由は、もしかして、
ことのほか重たい自由なのかも知れないって……
ちょっと思ったりした……

けれど、そんなセンチな感傷もタクシーの中、
娘と奥さんの賑やかな会話に
すぐにまたかき消されたのであった

ボビーは日曜日の歩行者天国で唄っている
古いエレキ・ギターと小さなアンプ、
壊れそうなマイクスタンドで

だんだんたくさんの人達が集まって来て、
ボビーの足下の缶空もしだいに暖まってゆく

ボビーはオーストラリア人、
ずいぶん昔に国を出て、
それからずーっと気ままに
世界中を唄って旅してるらしい……

Feel Like Going Home

家に帰る気分さ　少し疲れた心緩めて
ついてない日々もあったけど
今　家に帰る気分さ

やれるだけやってみたさ
ヤバイ橋渡った幾つもの夜に
懐かしい街並　遠い家族の匂い
今　家に帰る気分さ

曇り空溶けて流れてく
薄陽さす五月のある朝

新しい友達に出逢えるだろうか
今　家に帰る気分

家に帰る気分さ　遠い懐かしいいつか来た道
持って行くもの　捨ててゆく事
今　家に帰る気分

捨ててくもの　持ってゆく事
今　家に帰る気分さ……
……
……

時代は変わる

ある朝かごをぬけ出した小鳥さん
いったい何処まで行ってしまったの？
きっと大空の自由が恋しくて
今ある幸せ捨てたんだナ

泣いてる人　笑ってる人が歩いてく
北風の中　時代は変わってゆく

ある日会社を辞めてった女の子
抱えてた仕事みんなほっぽり出して
きっと気に入らないことでもあったんだろう？
誰にも挨拶ひとつ告げないで

泣いてる人　笑ってる人が歩いてく
北風の中　時代は変わってゆく

五十年も住み慣れたふるさと
引越すること受け入れた父さん母さん
いったいどんな想いだったんだろう？
でも息子達のその決断信じてやってくれ

泣いてる人　笑ってる人が歩いてく
北風の中　時代は変わってゆく

ＴＶのコマーシャルのクライアントさん
ＴＶのコマーシャルのディレクターさん

そんなにふんぞり返らない方がいいんじゃない？
（世の中）誰もがあんたに頭下げるわけではない

泣いてる人　笑ってる人が歩いてく
北風の中　時代は変わってゆく

国民が選んだ国会議員のみなさん
国会中継のＴＶの中
写し出されたＴＶ画面のすみっこで
あくびしたり居眠りするのやめてくれないか

泣いてる人　笑ってる人が歩いてく
北風の中　時代は変わってゆく

血と汗で納めた俺達の税金
ちょろまかして遊びほうけた
どっかのエリートさん
きっとあんたは自分の子供にいつも
〝りっぱな大人になれよ〟なんて
言ってたんだろう

泣いてる人　笑ってる人が歩いてく
北風の中　時代は変わってゆく

生まれてくる子供はみんな天使さ
皇太子様の子供も犯罪者の子供も
貧しい人　裕福な人
生まれくるどんな子供にも祝福あれ！

泣いてる人　笑ってる人が歩いてく
北風の中　時代は変わってゆく

商売あがったりの駅前の焼肉屋さん
その怒りと不安　どこにぶつければいい
やっと来てくれたお客さん
でも注文はやっぱり　野菜焼き　シーフード焼き

泣いてる人　笑ってる人が歩いてく
北風の中　時代は変わってゆく

9月11日忘れられない日
（でも）世界がアメリカの悲しみ理解したように
アメリカは他の国々の人々の悲しみ
今こそ理解することが必要　重要なんだろう

泣いてる人　笑ってる人が歩いてく
北風の中　時代は変わってゆく

世界中のこの危機感は
真の新しい価値観問い直すだろう
幸福な共同体いかにして作るのか
グローバル化の姿も変わるかもしれない

泣いてる人　笑ってる人が歩いてく
北風の中　時代は変わってゆく

ユニフォームを脱いだ長嶋茂雄
ギターを置いたジョージ・ハリソン
二十世紀の産んだ〝Love&Peace〟
消えることなく輝き続けるだろう

泣いてる人　笑ってる人が歩いてく
北風の中　時代は変わってゆく

悲しい別れがありました
新しい出会いがありました
明日を生きてく君がいる
生きてく君の明日がある

泣いてる人　笑ってる人が歩いてく
北風の中　時代は変わってゆく

ある朝かごをぬけ出す小鳥さん
いったい何処まで飛んで行くの？

きっと大空の自由を求めて
羽根をいっぱい広げて飛び立つんだな

泣いてる人　笑ってる人が歩いてく
北風の中　時代は変わってゆく
北風の中　時代は今変わってゆく

（オリジナル：ボブ・ディラン）

大切な手紙

夏の終わりを　君は何で知るだろう?
夏の終わりを　俺は何で知るだろう?

八月も残り少なくなったある夜　俺はさそわれて
東京渋谷の街のライブハウスで
若い奴等に混ざって大さわぎした
自分の居場所がそこにあるかどうかと
少し気後れしたが
何かを感じられることを期待して
とにかく行ってみたのさ
そう　昔君と俺が
はじめて出会った時のきっかけのように
その夜もそんなものを期待して
とにかく行ってみたのさ
それはロックン・ロールという名の
何か特別な力があるような
マジカルなもの　そんなものを信じて……

なあ覚えてるか?　俺達は60年代中頃
中学校の古い校舎の廊下で初めて出会ったっけ
互いにリヴァプール・サウンドに
首ったけだったことをきっかけに
すぐ友達になって
その日から俺達は授業中も休み時間も
昼休みもいつでも
ロックンロールの話にだけに夢中になって

明け暮れた
それは他のどんな事よりも
あらゆる他のどんな事よりも
例えば大好きだった女の子の事よりも
もっともっと何よりも魅力的だったのだ

やがてすぐに俺達はダンスパーティーや
文化祭めざしてBANDを組んで
ビートルズやストーンズやキンクス
ヤードバーズ　ラビンスプーンフルなんかを
レパートリーに
放課後の教室　毎日暗くなるまで練習したのさ
あんなに退屈で窮屈だった教室が
揺れ始めたのを覚えてる
学校や会社や家族
得体の知れない何かからはぐれてしまったような
俺達みたいなはんぱな落ちこぼれ達もはじめて
自分の居場所をみつけたような気になったのさ
それはたった一つだけありえた
それはきっとたった一つだけありえた
宝石の様に煌めく　そんな気分だった気がする

やがて高校をどうにか卒業して
ぶらぶらしてた俺と
デザイン・スクールに通いだした君
そして新しく出会ったメンバーと一緒に
BANDを新たに組んだ俺達は
70年代始めの東京渋谷の街で
昼も夜も唄いはじめた
けれどもやがてレコード会社に拾われて
デビューが決まった時
その時君はすでにそのBANDのメンバーでは

なかったっけ
君は君の選んだ道を
自分なりのやり方で歩き始めてた
Ah, 思えばあれがきっと俺達の
あの時がきっと俺達の
最初の別れだったのかも知れない……

その後君は70年代中頃　アメリカン・ドリームを
ちょっと絵に描いたような郊外の米軍ハウスで
自由気ままな生活を仲間達と送ることになる
あの頃の陽に焼けた君の横顔を覚えてる
けれどそんな自由な息吹きいっぱいの暮らしも
ある小さな事件をきっかけに
終わりを告げてしまったらしい
それはまるで
俺達の世代の誰　彼がいつか夢見た
Ah, それは何か終わりのような
何かの終わりの象徴だったような
何かの終わりの象徴の出来事だったような
そんな気もちょっとしたのだ

思えば　あれから今までずーっと
長ーい旅を続けて来たかのような君
俺の方と言えば　70年代　80年代　90年代と
いくつかBANDなんぞを渡り歩いて
そして今独りになって
こうして手探りしながら
なんとか　かんとか歩き続けている……

振り返れば　駆け抜けたような
70年代　80年代　90年代と
互いの生活の違う形と時間の中　俺達は

ずーっとはぐれたままであったのかも知れない
それでもこの年になってこの頃
それでもこんな年になって近頃
何か別の形、別の気分で新たにまた出会えるような
それは互いに今日も何とか
元気でここに居られるという
それは互いに今日も何とか
元気でここに居られるという
Oh, そのことに素直に感謝したいような
そのことに謙虚に感謝したいような
そんな気分から生まれた想いなのかもしれない……

Hey!　君は持ってたギターやレコード達を
売りさばいてしまったと言う
でも俺は知ってる　何枚かの大切なレコードは
残して持っているということと

昔君がサンフランシスコで手に入れたという
あの１９６３年製ストラト・キャスターを
今も部屋のどこかに
きっと今も部屋の隅のどこかに
ずーっと立てかけてあるだろうということを……

子供の頃〝さみしさ〟なんて気持ちは
大人になれば全部解決することだと思ってた
でも　解決するどころか
そんなやっかいな気分は
ますます増え続けてゆくみたい……
だいいち大人になるって事が
どういう事かってことも
未だにハッキリ解っちゃあいない
なぁ　知ってるか？
この国じゃ増え続ける自殺者の中で

その数が一番多いのが俺達の世代だって事を……
社会や人間関係の何から
〝リストラ〟されてしまうような
そんな気分と現実を突きつけられる俺達は
今また自分の居場所を探して
自分の居場所を探して
さまよってるのかも知れない……
Ah, だとしたらなぁ君
遠い夏の日　あの放課後の教室で
暗くなるまで一緒にロックン・ロールして輝いた気分
今の俺達にも何か意味があるって思えないか……
そんなふうに思えないか……

八月も残り少なくなったある夜　俺はさそわれて
東京渋谷の街のライブハウスで
若い奴等に混ざって大さわぎした
自分の居場所がそこにあるかどうかと
少し気後れしたが
何かを感じられることを期待して
とにかく行ってみたのさ
それはロックン・ロールという名の
何か特別の力があるような
マジカルなもの　そんなものを信じて……
それはロックン・ロールという名の
何かマジカルな〝スピリット〟
そんなものを信じて……

夏のはじまりを　君は何で知るだろう？
また来る夏を俺は何で知るだろう？　……

ハレルヨ

あきらめないでくれよ……
あきらめないから……
あきらめないでくれよ……
明日はきっと　ハレルヨ……

あきらめないでくれよ
あきらめないから
あきらめないでくれよ
明日はきっと　ハレルヨ……

ハレルヨ！　ハレルヨ！　ハレルヨ！
明日は俺達国境を渡ってゆく……

ハレルヨ！　ハレルヨ！　ハレルヨ！
明日は俺達国境を渡ってゆく

ハレルヨ！　もうすぐ俺達国境を渡れるところ……

ハレルヨ！……　ハレルヨ！……　ハレルヨ！……

時代は変わる '02

ある朝かごをぬけ出した小鳥さん
いったい何処まで行ってしまったの？
きっと大空の自由が恋しくて
今ある幸せ捨てたんだな

泣いてる人　笑ってる人が歩いてく
北風の中　時代は変わってゆく

ある日会社を辞めてった女の子
「精神的にほとほと疲れました」と
どうかストレスのない場所探してくれ
それでそんな場所見つかったら俺にも教えてくれ

泣いてる人　笑ってる人が歩いてく
北風の中　時代は変わってゆく

五十年も住み慣れたふるさとを
引越して一年経った父さん母さん
きっとホーム・シックにやられてるだろう……
でも新しい生活どうか信じてくれ

泣いてる人　笑ってる人が歩いてる
北風の中　時代は変わってゆく

どこかの雑誌の編集者さん
勘違いしないでくれよ仕事のあり方

取材を依頼してきたのはそっちの方だろう
俺は喋りたい事も気持ちも
別になかったのだから……

泣いてる人　笑ってる人が歩いてく
北風の中　時代は変わってゆく……

身の程知らずに気がついて
己を知ることに気がついて
自分のやれそうな事に気がついて
自分のやれそうもないことに気がついて

泣いてる人　笑ってる人が歩いてく
北風の中　時代は変わってゆく

国民が選んだ国会議員の皆さん
国会中継のＴＶの中
映し出されたＴＶ画面の隅っこで
あくびしたり居眠りするのやめてくれないか

泣いてる人　笑ってる人が歩いてく
北風の中　時代は変わってゆく

政治家の方々があたふたしてる経済の安定に
国民があくせくしてる暮らしのやりくりに
期待された〝聖域なき構造改革〟
それに取り組む戦略はいったい何処にあるの

泣いてる人　笑ってる人が歩いてく
北風の中　時代は変わってゆく

生まれて来た子供はみんな天使さ

皇太子様の子供も犯罪者の子供も
貧しき人　裕福な人
生まれくる子供にも祝福あれ！

泣いてる人　笑ってる人が歩いてく
北風の中　時代は変わってゆく

田中真紀子はどこ行った？
鈴木宗男はどうなった？
誰かをやり玉に挙げて叩くのは簡単さ
でもそれだけでは
〝政治の古い体質〟は何も変わらないだろう

泣いてる人　笑ってる人が歩いてく
北風の中　時代は変わってゆく

政治家やエリートさん達を批判するのは簡単さ
でも国民も山積みの問題から目をそらしてきた……
俺だってワールド・カップの騒ぎの中
ニッポン・チャチャチャなんて旗を振ってた

泣いてる人　笑ってる人が歩いてく
北風の中　時代は変わってゆく

スーパー・スター松井秀喜
ゴジラは世界に旅立つ
サンキュー老若男女に夢をホームランを
ところで近頃の中学生の多くは将来
冒険するより安定した生活を望んでるという……

泣いてる人　笑ってる人が歩いてく
北風の中　時代は変わってゆく

消えない記憶9月11日
その日アメリカと世界に何をもたらしたの？
世界の変化と希望の姿
歴史と未来に何を刻み込むの？

泣いてる人　笑ってる人が歩いてく
北風の中　時代は変わってゆく

アメリカはイラク・フセインが
大量破壊兵器を隠し持ってることを理由にして
アメリカはイラク・フセインを倒すため
自ら大量破壊兵器を使うかもしれない

泣いてる人　笑ってる人が歩いてく
北風の中　時代は変わってゆく

それにしてもあきれ果てる不可解な国北朝鮮
国家という名を借りた独裁とテロリズム
人間の尊厳さえ奪い去り葬ろうとする
青い海と空の向こう　閉ざされた真実

泣いてる人　笑ってる人が歩いてく
北風の中　時代は変わってゆく

２００２年ポール・マッカートニー来日公演
思えばビートルズの来日から36年目
でもYesterday
昨日の事だけが全てじゃないはず
僕等は今生きてる事を唄い出そうとしてる

泣いてる人　笑ってる人が歩いてく
北風の中　時代は変わってゆく

悲しい別れがありました
新しい出会いがありました
明日を生きてく君がいる
生きてく君の俺の明日がある

泣いてる人　笑ってる人が歩いてく
北風の中　時代は変わってゆく

こんな歌　唄ってる俺はいい気なもんだろう
唄など間に合わぬ暮らしの中
でも来年もきっとまた唄ってるだろう
世界のNEWSを　生活の沈みを

泣いてる人　笑ってる人が歩いてく
北風の中　時代は変わってゆく

さあ　ある朝かごをぬけ出す小鳥さん
いったい何処まで飛んでみるの？
きっと大空の自由を求めて
羽根をいっぱい広げて飛び立つんだな

泣いてる人　笑ってる人が歩いてく
北風の中　時代は変わってゆく
北風の中　時代は今変わってゆく

（オリジナル：ボブ・ディラン）

悲惨な戦争

何の罪もない多くの人達の尊い命が
（その日）突然奪われた

歴史に学んだハズのおろかな争い
いつの世まで続けて行くの？

この世に生まれた　全ての者達に
誰にも奪われぬ　自由があるはず

君の自由はそこにある　私の自由はここに
互いの自由を　犯さぬことを約束として

何の罪もない多くの人達の尊い命が
突然奪われた

父を返せ　母を返せ
妻を夫を娘を息子を友達を
愛する人を返せ……

歴史の経験にない　新しい姿　形の
悲惨な争いが　今（また）生まれてゆくのか？

何の罪もない多くの人達の尊い命が
突然奪われる……

父を返せ　母を返せ
妻を夫を娘を息子を友達を
愛する人を返せ……

歴史に学んだハズのおろかな争い
いつの世まで続けて行くの？
続けて行くの？
続けて行くの？ ……

平和BLUES

Hey　Hey　Hey　Hey　Hey
Hey　Hey　わ　Hey　Hey　わ
Hey　Hey　わ　平和がなにより

Hey　Hey　Hey　Hey　Hey
Hey　Hey　わ　Hey　Hey　わ
Hey　Hey　わ　平和でなくっちゃぁ

男と女の平和　子供と大人の平和
人と人との平和　国と国との平和
Hey　Hey　わ　平和でなくっちゃぁ

Hey　Hey　Hey　Hey　Hey
Hey　Hey　わ　Hey　Hey　わ
Hey　Hey　わ　平和でなくっちゃぁ

Hey　Hey　Hey　Hey　Hey
Hey　Hey　わ　Hey　Hey　わ
Hey　Hey　わ　平和がなにより

平和BLUES!

ひととき

とても　おだやかな　時間
なにか……すごく　おだやかな時間
今この暖かさと
（今）このさみしさのへだたり
それは〝父の心〟までの距離

とても　おだやかな　時間
なにか……すごく　おだやかな時間
今この静かな暖かさと
（今）このさみしさのへだたり
それは　僕と……
〝父の心〟までの距離…………

Twilight

暑い風の中　真夏の夢の中
俺たち　気楽に遊んでた
あの時もっと自分の生き方わかっていたら
こんな放浪の旅に出ていただろうか?

Ah　今　優しい言葉いらないから
Ah　今　うまい話いらないから（それより）

夕暮れに俺を独りにさせないでくれ
だって夕暮れは一番寂しい時間だから

何が正しくて　何が間違ってるだなんて
言い切れるはずもなかったけれど

誰かを傷つけたり苦しめたりからかったりする
そんな人間だけは許せるはずもなかった

Ah　若い奴等は街をうろつきまわる
ふるさとへ帰ろうとするのはどんな人達だろう

夕暮れに俺を独りにさせないでくれ

だって夕暮れは一番寂しい時間だから

暑い風の中　真夏の夢の中
俺たち明日どこで遊ぼう？
あの時自分の生き方もっとわかっていたなら
どんな時間の旅に出ていただろう？
Ah　今　優しい言葉聞きたいけど
Ah　長い手紙受け取りたいけど
それより夕暮れに俺を独りにさせないでくれ
だって一日で夕暮れは一番寂しい時間だから

たそがれに俺を独りにさせないでくれ
だって人生でたそがれは一番寂しい時間だから

（オリジナル：ザ・バンド）

Woodstock (Summer of Love)

ああ　待ちわびていたこの夏の日
あの娘は何処かへ出かけて行く
心のモヤモヤ吹き飛ばしたいから

……それで……何処へ行くのかと尋ねてみたら
『ライジング・サン』に行くんだって
ロックバンドの祭りに参加する為に

みんながスターさ　今夜は
誰もが主役　特別さ
ここにいるみんなが　輝くスター

ああ　感じてみたい　夏の盛りを
ああ　確かめたい　自分の存在
明日の居場所　何処だか知らないけれど

さあ　心開いて解き放って
誰かと触れ合おうとすれば
昨日と違う今日に居られるかも

みんながスターさ　今夜は
誰もが主役　特別さ
ここにいるみんなが　輝くスター

みんながスターさ　今夜は
誰もが主役　特別さ
ここにいるみんなが　輝くスター

世界中の憂鬱は増えるばかり
生きて行く不安は募るばかり
賑やかな祭りも束の間の花火さ

みんな明日は自分に帰って行く
でも俺達は夢を見たはず
次の夏もここで逢えるって……そんな夢を……

みんながスターさ　今夜は
誰もが主役　特別さ
ここにいるみんなが　輝くスター

（オリジナル：ジョニ・ミッチェル）

Sha-La-La（ここ掘れワンワン！）

Sha-La-La-La-La-La-La
Sha-La-La-La-La-La-La

この世は気の持ちよう　気にしないのさ空模様
歩いてくのさ並木道
どっちみち時の過ぎゆくままに
Sha-La-La-La-La-La-La

のるかそるか一発勝負　いちかばちか一発勝負
泣いて笑って帰り道
どっちみち時の過ぎゆくままに
Sha-La-La-La-La-La-La

Sha-La-La　悪いことばかり続くはずもない
Oh……oh　負けるなCHABO!
「ここ掘れワンワン！」
Sha-La-La-La-La-La-La

Sha-La-La　悪いことばかり続くはずもない
Oh……oh　負けるなCHABO!（みんな）
「ここ掘れワンワン！」
Sha-La-La-La-La-La-La……
Sha-La-La-La-La-La-La……
Sha-La-La-La-La-La-La……

（オリジナル：マンフレッド・マン）

時代は変わる '03

ある朝かごをぬけ出した小鳥さん
いったい何処まで行ってしまったの？
きっと大空の自由が恋しくて
今ある幸せ捨てたんだな
泣いてる人　笑ってる人が歩いてく
北風の中　時代は変わってゆく

（今年は）全国津々浦々歩きました
車に荷物積み込み街から町へ
働かざる者食うべからずだし
働けるうちが華なのさ

泣いてる人　笑ってる人が歩いてく
北風の中　時代は変わってゆく

二十年も乗り慣れた俺の愛車アウディ
仕事の帰り道事故ってポシャって廃車になった
ケガもなく命も落とさず不幸中の幸いさ
でも不幸中の幸いってのは
どのくらい不幸なんだろう？

泣いてる人　笑ってる人が歩いてく
北風の中　時代は変わってゆく

あるアイドル歌手の為に曲を依頼された
三日三晩徹夜していい曲書いてやった

ところがそのアイドル歌手難しくて歌えないという
どうせろくに聞きもせず
女といちゃついてたりしてたんだろう

泣いてる人　笑ってる人が歩いてく
北風の中　時代は変わってゆく

全くいらつくことばっかりで
きっとそれは俺がオヤジになったという
証拠なんだろう
どこもかしこもいらつくことばかし
いらつく俺自身にもいらつくのさ

泣いてる人　笑ってる人が歩いてく
北風の中　時代は変わってゆく

国民が選んだ国会議員の皆さん（与党、野党）
国会中継のＴＶの中
映し出されたＴＶ画面の隅っこで
相変わらずあくびしたり居眠りするの
やめてくれないか

泣いてる人　笑ってる人が歩いてく
北風の中　時代は変わってゆく

民主党菅直人は国会で小泉首相に迫った
「あなたはいつも同じ答えばかり言ってる」と
小泉首相はすぐに言い返した
「あなたがいつも同じ事ばかり聞くからだ」と
Ah, こういうのをどっちもどっちというのだろう

泣いてる人　笑ってる人が歩いてく

北風の中　時代は変わってゆく
経済効果阪神タイガース優勝
子供に夢を届けたゴジラ松井
水泳、平泳ぎ、北島、金メダル、日本の星
Ah, 平和なニュース読みたいならスポーツ新聞

泣いてる人　笑ってる人が歩いてく
北風の中　時代は変わってゆく

世界中いたるとこ終わり無き悲惨な争い
それぞれの神々それぞれの正義
日本は日本人は何処へ向かうの?
歴史は未来に何を刻み込むの?

泣いてる人　笑ってる人が歩いてく

北風の中　時代は変わってゆく
五年振りに歩いたN.Y.の街
小雨の中立ち尽くしたグラウンド・ゼロ
でもあまりに何気ない工事現場のようで
計り知れぬ悲しみさえあまりに何気ない

泣いてる人　笑ってる人が歩いてく
北風の中　時代は変わってゆく

それにしてもどーなるイラク復興
それにしてもどーなるパレスチナ、北朝鮮問題
自衛隊派遣、テロ対策、SARS、AIDS、
宇宙開発　日米安保、憲法改正、拉致問題……

泣いてる人　笑ってる人が歩いてく

北風の中　時代は変わってゆく

とうとう捕まったサダム・フセイン
衝撃の映像墜ちた独裁者の無様
アメリカはフセインの口を大きく開いて
（その中に）大量破壊兵器でも
捜したのかもしれない

泣いてる人　笑ってる人が歩いてく
北風の中　時代は変わってゆく

家族のこと友達のこと考える
仕事のことふるさとのこと考える
愛すること生きるということ考える
そして時々考える〝死ぬ〟という事……

泣いてる人　笑ってる人が歩いてく
北風の中　時代は変わってゆく

悲しい別れがありました
新しい出会いがありました
明日を生きてく君がいる
生きてく君の俺の明日がある

泣いてる人　笑ってる人が歩いてく
北風の中　時代は変わってゆく

こんな歌　唄ってる俺はいい気なもんだろう
唄など間に合わぬ暮らしの中
でも来年もきっとまた唄ってるだろう
〝平和を我等に〟〝この世界に愛を〟なんて……

泣いてる人　笑ってる人が歩いてく
北風の中　時代は変わってゆく

ある朝かごをぬけ出す小鳥さん
いったい何処まで飛んでみるの?
きっと大空の自由を求めて
羽根をいっぱい広げてみるんだな

泣いてる人　笑ってる人が歩いてく
北風の中　時代は変わってゆく
北風の中　時代は今変わってゆく

The times they are a-changin'……

（オリジナル：ボブ・ディラン）

SOSが鳴ってる

Ah　夜明けを前に　悲鳴をあげてる
電話のベル　oh,oh

Ah　夜更けの闇の中
鳴り響いてる……　SOS　oh,oh

Ah　僕等は誰かを守るため
何をどれだけ差し出せるだろう？

こんな夜にいったい
僕等は何かを守ろうとするため
どれほどの自分を差し出せるだろう

どうぞ力を　早く力を
もっと力を……oh……oh

Ah　救いを求めてる
崖っ淵に立つあの人の叫び　oh,oh

Ah　助けを急いでる
心失った人の……　SOS　oh,oh

Ah　僕等は誰かを守るため
何をどれだけ差し出せるだろう
こんな夜にいったい

僕等は何かを守ろうとするため
どれほどの自分を差し出せるだろう

ごらん　もうすぐ　新しい陽が昇るだろう
まるで　何も　無かったように……
ごらん　もうすぐ
新しい夜が明けてゆくだろう
きっと　静かな　朝が来る

Ah　僕等は誰かを守るため
何をどれだけ差し出せるだろう
こんな夜にいったい
僕等は何かを守ろうとするため
どれほどの自分を差し出せるだろう

こんな時代にいったい
僕等は何かを守り続けるため
どれほどの自分を差し出せるだろう?
こんな時代にいったい　僕等は何かを守り続けるため
どれほどの自分を差し出せるだろう?

どうぞ力を　早く力を
もっと大きな　今力を……SOS……

CHABO Jumps again

激しい雨に見舞われる日
太陽にソッポ向かれる日
それでも俺は行くだろう
それでも俺は出かけるだろう
Ah　シェークスピアの長い一ページが風に舞う
さぁ　マディ・ウォーターズの深いひと声に
今ぶっ飛んでたい

さえない気分でうなだれる日
何もかも裏目に出そうな日
それでも俺は行くだろう
それでも俺は出かけるだろう
Ah　シェークスピアの長い一ページが風に舞う
さぁ　マディ・ウォーターズの深いひと声に
今ぶっ飛んでたい

手に負えぬ荷物しょい込む日
目に余る出来事出くわす日
それでも俺は行くだろう
それでも俺は出かけるだろう
Ah　シェークスピアの長い一ページが風に舞う
さぁ　マディ・ウォーターズの深いひと声に
今ぶっ飛んでたい

Jump again……
Hey CHABO Jumps again & again

Jump again……
I'm a man……
I'm a Hoochie Coochie Man

風に逆らって立ちつくす日
流れにまかれて溺れそうな日
それでも俺は行くだろう
それでも俺は出かけるだろう
Ah　シェークスピアの長い一ページが風に舞う
さぁ　マディ・ウォーターズの深いひと声に
今ぶっ飛んでたい

激しい雨に見舞われる日
太陽にソッポ向かれる日

それでも俺は行くだろう
それでも俺は出かけるだろう
Ah　シェークスピアの長い一ページが風に舞う
Ah　シェークスピアの長い一ページを今閉じて
さぁ　マディ・ウォーターズの
深い深いひと声にぶっ飛んでたい

いてもたってもいられない
どーにもこーしちゃあいられない
とにかく俺は行くだろう
とにもかくにも俺は出かけるだろう
Ah　シェークスピアの長い一ページが風に舞う
さぁ　マディ・ウォーターズの深いひと声にこそ
今ぶっ飛んでたい

Words

寒い冬が終わる頃には　凍えた心も暖まればいい

何気ない昼下がり
郊外のファミリー・レストラン
お茶を飲みながら　昔話に世間話……
心ここにあらずといった君に
それでもそれでも話しかける俺
どんなことばでもいいから
きみの心にちょっとでも触れたい……
でもどんなことばも
吐き出された煙草の煙りと一緒に
何気ない昼下がりに吸い込まれて
そのままどっかに消えた　どっかに消えてった

人は時々何か大事な事を　言いそびれ
聞きそびれ　確かめそびれてしまう

寒い冬が終わる頃には　凍えた心も暖まればいい

君を送って行ったその日の夕暮れ
俺を見送ってずっと手を振り続けてた君
まるで小さな子供のように……
曲り角を曲がりかけて
姿が見えなくなりかけたその時
坂の上で君が何か叫んだ気がした
でもそのことばは
冷たい木枯らしにさらわれて……

飛び散って……そのまま
また……どこかに消えた

人は時々何か大事な事を　言いそびれ
聞きそびれ　確かめそびれてしまう

沢山の想いが伝わる事を……　願ってる
たったひとつの想いでも　届く事を……
ずっとずっと願ってる
遥かなる想い　遠いことばのかけら
遙かなる想い　遠いことばのかけら
かけら……　遠いことばのひとっかけら……
遠い遠いことばのかけら

人は時々何か大事な事を　言いそびれ
聞きそびれ　確かめそびれてしまう
人は時々何かとても大事な事を　言いそびれ
聞きそびれまた　確かめそびれてしまう

寒い冬が終わる頃には
凍えた心も暖まればいい……
寒い冬が終わる頃には
凍えた心も暖まればいい……

Simple Love Song

シンプルなLove Song　聞きたいのさ今夜は
やっかいな気分を　ひきずるこんな夜には

メンフィスの月でも　思い出せるような
Soulfulなフィーリング　思い出させておくれよ

Ah　まるで　君は暖かいコーヒーの中で溶けてく
Sweetな Sugar Sugar Sugar
そんなシンプルなLove song
聞きたいのさ今夜は

Fa Fa Fa Fa……

シンプルなBeatで　ジャンプさせておくれよ
やっかいな毎日　ブルーに沈む夜には

ニューオリンズの雨の中　歩きまわったような
Soulfulで Hiなフィーリング
思い出させておくれよ

Ah　まるで　君は暖かいコーヒーの中で溶けてく
Sweet な Sugar Sugar Sugar
そんなシンプルな Love Song
聞きたいのさ今夜は
Ah　まるで　君は暖かいコーヒーの中で
甘く溶けてく Sweet な
Sugar Sugar pie Honey pie

そんな　シンプルな Love Song
聞きたいのさ今夜は
そんな　シンプルな Love Song
聞かせておくれ　いつでも
Fa Fa Fa Fa……

あこがれの　Southern Man

Oh　あこがれの　AMERICA南部野郎
Yeah　あこがれちゃう　AMERICA南部魂
生まれはMACON GEORGIA
勿論星座はCAPRICORN
朝からCOCAINE　夜にはWHISKY
昼間はもっぱらハッパフミフミ
夜通しHonky Tonk Women

Oh Oh Oh　Yeah　Southern Man
Oh Oh Oh　Hey
あこがれのSouthern Man

気楽に生きるがSPIRIT
のんびりゆったりあせらない
小言文句はたれない
だって朝から釣り糸たれてる
合い言葉はTAKE IT EASY
生き方はLAID BACK
朝からCOCAINE　夜にはWHISKY
昼間はもっぱらSTONE……で
夜通しHonky Tonk Women

Oh Oh Oh　Yeah　Southern Man

Oh Oh Oh　Hey
あこがれのSouthern Man

人生なんかで悩まない　幸せの形にこだわらない
FAMILYとことん愛してる
自由の価値唄ってる
彼女にPRESENTしたい
綺麗なCAJUN MOON
みんなで一緒にくり出そう
たまには夜汽車でGEORGIA
いつでも高く飛んでいたい
大空へFREE BIRD
男は誰もが夢見る　yeah
一度はRamblin'man

Oh Oh Oh　Yeah　Southern Man
Oh Oh Oh　Hey
あこがれのSouthern Man
Oh Oh Oh　Yeah　Southern Man
Oh Oh Oh　Hey
あこがれのSouthern Man

今　I Love youを君に

「世界の何処かの誰かのために
何か今できないだろうか?」
そういうこと思ったりするけど……

すぐそばで眠ってる君のためには
何をしてやれてるのだろう……

Ah　無邪気に　僕等　いくら　戯れても
Ah　本気で　僕等
いくら　繋がろうとしても
僕等の未来に　どんな約束　交わせるだろう

I love you　君の耳元に今
I love you　昔　簡単なことばだった

「生きてる証　確かめられるようなこと
他にもっと何かないだろうか?」
そういうこと思ったりするけど

すぐそばで生きてる君のために
何かもっとしてやればいいのに

Ah　無邪気に　僕等　いくら　戯れても

Ah　本気で　僕等
いくら　繋がろうとしても
僕等の未来に　どんな約束　交わせるだろう

I love you　君の耳元に今
I love you　昔　簡単なことばだった
I love you……

「世界のどこかの誰かのために
何か今できないだろうか？」
そういうこと思ったりもするけど

すぐそばで眠ってる君のために
じゃあ何をしてやれてるのだろう

I love you　君の耳元に今
I love you　昔　簡単なことばだった
I love you　君にもう一度伝えよう　今
I love you　昔　簡単なことばだった
I love you……

I love you　君の耳元に今
I love you　昔　簡単なことばだった
I love you　君にもう一度届けよう　今
I love you　昔　もっと簡単なことばだった
I love you……

Get Back

「結局のところ僕等は
与えた愛と同じ分だけの愛を
与えられることになる」
そう　いつかのメロディーに聞いた

「想像してみろよ　天国も地獄もないところを
すべての人達が共に生きられるところ
そんな世界を夢見る」ってこと
いつかのメロディーに聞いた

さあ長い夜に嘆くのはもう終わりにして
俺と一緒に口ずさもう
いつかのあのメロディー

Get Back　Get Back　Get Back　Get Back
Get Back　今夜いかしてる音楽へ……

「うちのめさないでくれ
がっかりさせないでくれよ　悲しませないでくれ」
そう　いつかのメロディーに聞いた

「なすがままに　なすがままに
答えはきっと見つかるだろう」
そう　いつかのメロディーに聞いた

さあ長い夜に嘆くのはもう終わりにして
俺と一緒に口ずさもう

いつかのあのメロディー

Get Back　Get Back　Get Back
Get Back　今夜いかしてる音楽へ……

「愛しておくれ　愛してるんだ
愛しておくれ　愛してるんだ
愛しておくれ　愛してるんだ」
そう　いつかのメロディーに聞いた

「君の手を握りたいんだ
君の手を握りしめたいんだ
君の手を握りしめていたいんだ」
そう　いつかのメロディーに聞いた

さあ長い夜に嘆くのはもう終わりにして
俺と一緒に口ずさもう
いつかのあのメロディー

Get Back　Get Back　Get Back
Get Back　今夜いかしてる音楽へ……

「結局のところ僕等は
与えた愛と同じ分だけの愛を
与えられることになる」
そう　いつかのメロディーに聞いた

「想像してみろよ　天国も地獄もないところを
すべての人達が共に生きられるところ
そんな世界を夢見る」ってこと
いつかのメロディーに聞いた

さあ長い夜に嘆くのはもう終わりにして
俺達と一緒に口ずさもう
いつかのあのメロディー

Get Back　Get Back　Get Back
Get Back　今夜いかれてる音楽へ……

R&R Tonight

今夜ちょっといい気分さ
だってR&Rがこんなに溢れている
預かってしまったままの重たい荷物
引き受けられそうなそんな気がしてくる
まるで十四〜十五の頃の様な気分さ
初めてエレキ・ギター手に入れたあの夏の様な

僕等はどれだけの夏を迎えられるだろう
どれだけの夏を見送れるだろう
子供の頃過ごした夏
大人になって過ごしている夏
煌めく太陽の光の影にずっとあり続けてる

夏の寂しさの本当の理由《わけ》を　そのわけを
いつか知る事が出来るなら
僕等はそのことだけでも生きてゆく
生きてく価値があるようなそんな気がするのさ

今夜ちょっといい気分さ
だってR&Rがこんなに溢れてる
預かってしまったままの重たい荷物　この荷物
引き受けられそうな
そんな気もしてくる夜

人の生き方なんて百万通り

それ以上限りなくあるさ
だから世の中と自分を
比べたりしなくてもいいのだろう
やめろよ！
へらへら笑いながら誰かや何かを
そんなに　傷つけたりするのは
もう　やめろよ

僕等の生きていく姿が　どんな形であろうと
生きる歓び　誰もが唄えるハズだろう

今夜ちょっといい気分さ
だってR&Rがこんなに溢れてる
預かってしまったままの重たい荷物　この荷物
引き受けられそうなそんな気がしてくる
まるで十四〜十五の頃の様な気分さ
初めてエレキ・ギター手に入れたあの夏の様な

僕等はどれだけの夏を迎えられるだろう
どれだけの夏を見送れるだろう
子供の頃過ごした夏
大人になって過ごしている夏
煌めく太陽の光の影にずっとあり続けてる
夏の寂しさの本当の理由《わけ》を　そのわけを
いつか知る事が出来るなら
僕等はそのことだけでも生きてゆく
生きてく価値があるようなそんな気がするのさ

人の生き方なんて百万通り
それ以上限りなくあるさ
だから世の中と自分を
比べたりしなくてもいいのだろう

やめろよ！
へらへらにたつきながら誰かや何かを
そんなに傷つけたり　からかったり
苦しめたりするのは
もう　やめろよ
僕等の生きていく姿が　どんな形であろうと
生きる歓び　誰もが高らかに唄えるのだろう

今夜すごくいい気分さ
だってR&Rがこんなに溢れてる
預かってゆく僕等の重たい未来を
未来を引き受けられそうな
そんな気がしてくる

今夜すごくいい気分さ
だってR&Rがこんなに溢れている
預かってゆく僕等の重たい未来を
未来を引き受けられそうな
そんな気もしてくる

今夜最高の気分さ
だってR&Rが　こんなにここに溢れてる
R&R Tonight………

時代は変わる '04

ある朝かごをぬけ出した小鳥さん
いったいどこまで行ってしまったの？
きっと大空の自由が恋しくて
今ある幸せ捨てたんだな
泣いてる人 笑ってる人が歩いてく
北風の中　時代は変わってゆく

今年は麗蘭で明け暮れた一年で
十三年振りのセカンド・アルバム(SOSが鳴ってる)
キャンペーン Liveで全国歩きました
いったいどれだけの事が
どれだけの人達に届いたんだろう

泣いてる人 笑ってる人が歩いてく
北風の中　時代は変わってゆく

いきなり2月17日の新聞　ＴＶで
チャボが死んだというＮＥＷＳが
ビックリ仰天
だって俺はこんなにピンピンしてるのに
よく見りゃそりゃチャボ違い
大分県で鳥インフルエンザで死んだチャボのこと

泣いてる人　笑ってる人が歩いてく
北風の中　時代は変わってゆく

いいことがたくさんありますようにと
願った年始め
でもあり得ない悪いNEWSばかり早々と次々と
不滅の男Mr.長島茂雄倒れる
それは激動の２００４年の
序章だったのかも知れない

泣いてる人　笑ってる人が歩いてく
北風の中　時代は変わってゆく

（Ah　それにしても）
今年もいらつく事ばかりありそうで
それは俺がオヤジになったという証拠なんだろう
どこもかしこも　どいつもこいつも
いらつく事ばかり
いらつく俺自身にもいらつくのさ

泣いてる人　笑ってる人が歩いてく
北風の中　時代は変わってゆく

老後の備えは国民年金と
国民には年金加入強く迫りつつ
未納、未加入者が足元にぞろぞろ
国会議員の皆さんの燈台もと暗し

泣いてる人　笑ってる人が歩いてく
北風の中　時代は変わってゆく

小泉首相再訪朝は
日本政府の大切な外交カードだったはず
でも再訪朝の成果は
納得出来るものではなかった（ハズ）
どーして大切なカード

あっさり　すんなり　切ってしまったのか
拉致被害者家族の怒りと落胆は限界越えてる
泣いてる人　笑ってる人が歩いてく
北風の中　時代は変わってゆく

皇太子様宮内庁批判の発言
「雅子様のキャリアと人格否定する動きがあった」と
それはそうと皇室ってのは
（いったい）いつまであり続けるんだろう？
いったい天皇陛下様ってのは何様なんだろう？
泣いてる人　笑ってる人が歩いてく
北風の中　時代は変わってゆく

まぁまぁそれでも明るいNEWSも
あるにはありました
オリンピック愛ちゃん柔ちゃん北島康介
大リーグ　イチロー　松井
明るい話題ならスポーツ新聞（読め）
勝っても負けてもスポーツ　爽やかな汗

泣いてる人　笑ってる人が歩いてく
北風の中　時代は変わってゆく

ところがプロ野球史上初めてのストライキ
オリンピック「アテネを見てね」の裏でドーピング
爽やかなイメージ　スポーツにさえ黒い影
Ah　いったいスポーツの本質ってのは
何だったんだろう？

泣いてる人　笑ってる人が歩いてく

北風の中　時代は変わってゆく

突然降って湧いたような韓国　ソウル・ブーム
冬のソナタ「冬ソナ人気」ってのが
すごかったそーな
猫も杓子もおばさんも　韓国　ソウル　ソウル
あー俺は昔から（ずっと）好きだったぜ
Soul Music

泣いてる人　笑ってる人が歩いてく
北風の中　時代は変わってゆく

やっぱり強かった　アメリカは保守
ブッシュ再選　時代は変わってゆく
変わっていかぬ大統領
アメリカは一国単独主義を
どこまで押し広げるんだろう？
世界は日本は　どこへ向かって行くんだろう？

泣いてる人　笑ってる人が歩いてく
北風の中　時代は変わってゆく

イラクで日本人フリージャーナリスト二人殺害
（同じく）イラクで無差別テロ
民間人　人質拘束　惨殺
ロシアでテロ　小学校占拠　人質三百人以上殺害
　パレスチナ紛争
痛ましき　終わり無き　報復　殺戮合戦
北朝鮮の闇　路上の家無き子達　見殺し　餓死
（同じく）北朝鮮　未解決
拉致被害者　生死不明
長崎で小学校六年女子

クラスメイト　ナイフで殺害
インターネットで呼びかけ募集　実行　集団自殺
奈良県小学校女子誘拐殺害
茨城県水戸市　十九歳少年　鉄アレーで両親撲殺
台風23号　西日本直撃　無情の悪夢
新潟中越地震　無情の悪夢　生死の分かれ目
私達は死の数にマヒしている　マヒしている
一人　ひとりに名前があり
死の重みがあるってことに
戦争　人災　天災　殺人　事故　テロ　拉致
あー取り返しのつかぬもの　い・の・ち

泣いてる人　笑ってる人が歩いてく
北風の中　時代は変わってゆく

それにしても猛烈な暑さでうだった（この）夏の日
それにしてもすさまじかった台風　大地震
この異常気象は　自然が人類に
何か訴えかけてるんだろうか？
科学や知識では歯が立たぬ　この星の叫びを

泣いてる人　笑ってる人が歩いてく
北風の中　時代は変わってゆく

人並みに暮らせることは幸せなことだろう
じゃぁ　人並み以上ってことは
もっと幸せなんだろう
ところで人並みってのはどういうことなんだろう？
誰を　何を基準に「人並み」って言うんだろう？

泣いてる人　笑ってる人が歩いてく
北風の中　時代は変わってゆく

家族のこと 友達のこと考える
仕事のこと 生活のこと ふるさとのこと考える
愛する 愛されること 生きるということ考える
そして時々考える……死ぬということ……

泣いてる人 笑ってる人が歩いてく
北風の中 時代は変わってゆく

生まれてくる子供はみんな天使さ（エンジェル）
お偉い方々の子供も犯罪者の子供も
貧しき人 裕福な人 どんな肌の色
生まれくる すべての子供達に 祝福あれ！

泣いてる人 笑ってる人が歩いてく
北風の中 時代は変わってゆく

悲しい別れがありました
奇跡の生還 新しい出会いもありました
明日を生きてく君がいる
生きてく君の明日がある

泣いてる人 笑ってる人が歩いてく
北風の中 時代は変わってゆく

こんな歌 唄ってる俺は全くいい気なもんだろう
唄など間に合わぬ暮らしの中
でも来年もきっとまた唄ってるだろう
〝Love&Peace〟〝平和を我等に〟なんて……
泣いてる人 笑ってる人が歩いてく
北風の中 時代は変わってゆく

ある朝かごをぬけ出す小鳥さん

いったいどこまで飛んでみるの？
大空の果てしない自由求めて
さぁ　羽根をいっぱい広げて飛んでみるんだな

泣いてる人　笑ってる人が歩いてく
北風の中　時代はもう変わってゆく

泣いてる人　笑ってる人が歩いてく
北風の中　時代は今　変わってゆく

The times they are a-changin'……

（オリジナル：ボブ・ディラン）

かもめ

海に連れて行く……海に……
遠い磯辺の……小さな岩山に腰掛けて……
潮騒と水平線……沖行くヨットとかもめ……
そして君……それだけの一日……
たったそれだけの……

〈１９５８年　夏〉
小田急線、片瀬江ノ島駅で降りて、
おばあちゃんと手をつないで、
海の家のたーくさん並んでいる
海岸通りを渡って行くと、
僕の夏があっという間にやってきた。
白いベルト付きの海水パンツとゴム草履で、
焼け付く八月を渡る……。

〈１９５９年　夏〉
ゆうじ兄ちゃんは、どーしてあんなに
泣きながらカナリヤを追いかけて行ったんだろう?
……とても不思議だった。
だってゆうじ兄ちゃんは、
僕よりだいぶ年上の男の子だったはずだし、
それにちょっといかれた感じだったから……。

どうしてあんなに泣きながら
カナリヤを追いかけて走って行ったのか………。

〈１９６５年　夏〉
建て増しして造ってくれた、僕のあの隠れ家で、
夏の土曜の夜、１４８０Ｋサイクル
ラジオ関東から流れた、あの栄光のサウンド達。
明日小田急デパートか伊勢丹に寄り道して
「タイム・イズ・オン・マイ・サイド」か
「ドゥ・ワ・ディ・ディ・ディ・ディ」を買おう。

〈１９８９年　夏〉
ゆうじ兄ちゃんがマラケッシュ急行で
カナリヤにやっと追いついたって聞いたんで、
僕もカトマンズのジョアンナ・シムカスに
きれいな紫のサリーを届けに行った。

〈同年　夏〉
僕に石の心を教えてくれた、
アナーキスト予備軍だったＫ君、
君は今何処でどんな風を感じているのですか?

〈１９９０年　夏〉
僕が昼過ぎにのこのこ起き出して、
冷たいカルピスを飲んでいると、
親父が約束のスイカを取りに来た。
枝豆とBeerでお袋や兄貴の話をちょっとした。
バス停まで送って行く途中、夕立の気配……。
今夜もまた熱帯夜だろうか……。
そろそろあのこを迎えに行く時間だ……。
いったい何度目の夏だろう……。
海に連れて行く……海に……

遠い磯辺の……小さな岩山に腰掛けて……
潮騒と水平線……沖行くヨットとかもめ……

そして君……それだけの一日……
たったそれだけの……

サンタドレスのテラス（２００５年）

クロード・モネの「サンタドレスのテラス」という
絵を見てる、図書館の閲覧室。
四月のWeek Endの午後、
時が止まったような静けさだ。
緩やかな日差しが窓から注ぎ込んできて、
「サンタドレスのテラス」の絵の中の日差しと
綺麗に混ざる。
君が行ってしまったことの実感が
まだとても湧いて来ない位静かで緩やかな午後。
〝君の命が難しい〟という知らせが
突然飛び込んできたのは三月の終わり。
街行く人達が桜が咲くのを待ちわび出した
……そんな春も近い暖かな日だった。

君と俺の共通の友人が病室で眠っている
君の側から俺に電話をかけてきて……
君に向かって何か
話しかけてくれませんか？って……
半分泣きながら言ってきた。
いったい何を言ったらいいんだ？
そんな時いったい何をどんな風に話しかけたら？
「もしもし？　分かる？　俺だよ、
なあ……えーと、そ、そう、久しぶり……
えーと、うん、早く元気になってさ……
で、だ、だからさ、また会おう……
いつ頃かな？　なあ、もしもし、聞こえてんの？
よし、そう、夏がいい、夏に会おう。

今年の夏な……もしもし、なぁ、俺だよ？
もしもし聞こえてんの？……。」
混乱した俺は多分そんなことを、
何も返ってこない無言の電話に向かって
捲し立てた……
思えば俺と君は仕事仲間？
ボーイフレンド？　ガールフレンド？……
なんかそれより、なんていうか、
そう俺達は仲好しだったナ、
そう、唯の仲好しだったナ……。
いつだったか随分昔、みんなで酔っぱらって
手をつないで夜明けの町を歩いたっけナ。
何だかとっさに浮かんできたのは
そんな景色だった。
うん、そーだな、俺達の青い春の（ひとこま）
その（スナップ写真）ってわけだナ……。

……電話を切った俺は二〜三時間後
とても気になって、こちらからまた電話を入れた。
二〜三分前に
君が息を引き取ったことを知らされた。
「声、とどきましたよ……。」
「きっと声聞こえましたよ。」……
友達がそう言ってくれた……。
なぁ、俺達は仲好しだったナ。
そう、仲好し。唯の仲好し。
よーく一緒に飲んだっけな……
俺のコンサートの後や、
とにかく仕事で君の町を訪れるたびに……。
ここ二〜三年、君が少し元気がないって感じには
気が付いていた。
でも、よくあるいつもの君のように、仕事のこと、
精神的なことで悩んでるのかなって……。

よく、そういうこともあったよナ……
よく、そんな話もしたしナ……でも……
そんな話しかしなかったのかな？……。
俺達は唯の仲好しだったから……。
思えば去年の暮れ、一緒にちょっと飲んだのが
君との最後になってしまいました。
「わ・た・し元気になったヨ、
わたしなりにボチボチやってゆくヨ。」
なんて話、そんな話を聞くのは……
ちょっと嬉しかった……。
あの時、君があることを俺に頼んだ……。
で、俺は、俺なりの理由でそれをハッキリ断った。
今、そのことが、とても心に残ってしまったよ。
少し悔やんでる。
ねえ、君はあの時、こんな日が来る自分を
知っていたの？

だけど、もしこんな日が来ることを
俺が知ってたとしても
その話を引き受けたかどうかは……
何とも言えないけどナ。
やっぱり断ってしまったかも……わからないよ。
でも……今、少し悔やんでる……少し悔やんでるよ。
ねえ、俺達は仲好しだったよナ？
君の夏の姿想い出すヨ。
麦わら帽子で弾んだ笑顔、あの弾んだ笑顔に
もう懐かしさの中でしか会えないなんて……
これからは君の町へ行っても
二度と君に会えないなんて……
そんなのって……変だよ……　なんか変じゃん。
またうるさいくらいに
俺に話しかけて欲しかったな……。
桜、今年、綺麗だったよ。俺、たくさん見たよ。

今年の桜、君にも見せたかったな……。
今、図書館にいます。
あんまり静かで緩やかな陽射しが
窓から射し込んで……
なんだか君のこと想い出したってわけ……。
陽射しがいっぱいの
クロード・モネの「サンタドレスのテラス」って
絵を観ながらね……。

「今まで生きてきたいろいろな事が、
今から生きてゆくいろいろなことに
きっと何か意味を持つことが出来る。」
もう一回言うぜ、

「今まで生きてきたいろいろな事が、
今から生きてゆくいろいろなことに
きっと何か意味を持つことが出来る。」
そんな日々が始まろうとした年齢に君もやっと
さしかかったばかりなのに……。

なあ、聞こえる？　俺達は仲好しだったヨナ、
俺達は仲好しだったヨナ……。
なあ、聞こえてる？　また、新しい夏来るのに。
ねえ、また新しい夏来るのに。

オヤスミ、俺の仲好し。
サヨナラ、俺の仲好し……。

Miss M.M

うれしい予感

空梅雨の夜　思いがけず月も出てる。
ちょっともうけたような気分……。
こんな夜なら、
さっそうとしている君に出会いたいから、
さっそうとする明日に出かけていく心づもり……。
「人生は時間をかけるだけの価値がある」……
そんな話を聞けたのだから、
「詩を書くことなんか、
生きるためには何の役にも立たぬ」
なんてことはわかってはいても、
ことばを紡ぐ……言葉を言葉を紡ぐ……
紡いでpoemを探す。

さっそうとしている君にいつも出会いたいから、
さっそうとする明日に出かけていく心づもり……。

俺も夜更かし、俺もワインをもう一杯、
そして俺もまだここから帰らない……。
「無意味な意識の壁」など軽々と飛び越えた、
どこか遠い国のあの、
あこがれの「自由のダンサー」のように、
俺も夜更かし、俺もワインをもう一杯、もう一杯、
そして俺もまだここから帰らない……。
さあ、怖がらずに、俺も踊ってみるのだから……。

生きること自体に恋をする、
もう、生きることそのものに恋をする。
音楽が鳴っている間に、
音楽が鳴り続けている間に、
例えば運良く、
そのメロディーの名前が「うれしい予感」……
そんな名前だったりするならば、
さあ、生きることそのものに恋をして、
今夜も心おもむくままに手紙でも書こう。
長い、長ーい、長い手紙でも書こう。
「人生は時間をかけるだけの価値がある」……
そんなことばに触れたのだから……。
だいいち、いい加減もう、
人生なんかに照れている場合でもないのだから……。

空梅雨の夜　思いがけず月も出てる。
ちょっともうけたような気分……。
こんな夜なら、
さっそうとしている君に出会いたいから、
さっそうとする明日に出かけていく心づもり……。
「うれしい予感」という名の音楽が
聞こえてきそうな夜に……
さあ、もう尻ごみなどせずに、俺も踊ってみよう！
踊ってみよう！……さあ、俺も……
踊ってみよう……。

アルコール

Ah　今夜も煌めくネオンの　その光の奥で
いったいどんな物語が
生まれては消えてゆくんだろう？

表通りの花は　美しく咲き誇る薔薇
密かに散る花は　裏径の勿忘草

Oh Dear アルコール　この夜を飲み干せ
何処かの誰かの　悲しい思いを……
Oh Dear アルコール　この世を飲み干せ
そこらの路地裏に刻まれた傷跡

（Ah）星の数程ある　出会いと別れの形
いったいどんな物語が
今夜生まれては消えてゆくんだろう？
夢見る頃はいつ？　16、17、18？
夢から覚めるのはいつ？
それともすべてが夢？……

Oh Dear アルコール　この夜を飲み干せ
何処かの誰かの　悲しい思いを……
Oh Dear アルコール　この夜を飲み干せ
そこらの路地裏に刻まれた傷跡

（オリジナル：ザ・キンクス）

運がよけりゃ

兎角この世はままならぬ
やることなすこと　ままならぬ
生まれてこのかた　ついてない

でもひょっとして運が良けりゃちょっと
この世はバラ色さ
運が良けりゃ　運が良けりゃ
この世はバラ色さ

俺の人生こんなもの
金も力も無かりけり
バカにつける薬はない

でもひょっとして運が良けりゃちょっと
この世はバラ色さ
運が良けりゃ　運が良けりゃ
この世はバラ色さ

さぁ胸を張って歩ってこー
息を弾ませて……

兎角この世はままならぬ
やること　なすこと　ままならぬ
生まれてこのかた　ついてない

でもひょっとして運が良けりゃちょっと
この世はバラ色さ
運が良けりゃ　運が良けりゃ
この世はバラ色さ

さぁ胸を張って歩ってこー
息を弾ませて……

（オリジナル：『マイ・フェア・レディ』より）

時代は変わる '05

ある朝かごをぬけ出した小鳥さん
いったいどこまで行ってしまったの？
きっと大空の自由が恋しくて
今ある幸せ捨てたんだな
泣いてる人 笑ってる人が歩いてく
北風の中 時代は変わってゆく

２００５年 麗蘭の仕事始めは
初めて出たブルース・カーニバル
日比谷野外音楽堂 大雨の中
偉大なバディ・ガイと共演しました
（いったい）どれだけの人達に俺達の
ブルースが届いたんだろう？

泣いてる人 笑ってる人が歩いてく
北風の中 時代は変わってゆく

いい事がたくさんありますようにと
願った年始め でもあり得ない悪い
ＮＥＷＳばかり早々と次々と
インド洋沖津波の犠牲者三十万人超す
それは激動する２００５年の
序章だったのかも知れない

泣いてる人 笑ってる人が歩いてく
北風の中 時代は変わってゆく

別にそれほど興味もなかったけど
（あれだけ露出すれば）
名前と顔だけ覚えてしまった
ライブドア　ホリエモン
想定内　想定外にしろ
彼の望みってのは何だったんだろう？
結局の所彼は何もん？　どんなもん？　ホリエモン

泣いてる人　笑ってる人が歩いてく
北風の中　時代は変わってゆく

今年もいらつく事ばっかりありそうで
それは俺がまた一つオヤジになったという
証拠なんだろう
どこもかしこもいらつく事ばかり
いらつく俺自身にさえいらつくのさ

泣いてる人　笑ってる人が歩いてく
北風の中　時代は変わってゆく

最悪の列車脱線事故　JR西日本……
運転手は到着時刻を守るため
安全を怠ってしまったのか……
たとえ遅れが大きくなろうが
「永遠に着かない」という悲劇には
比べようもなかったはず

泣いてる人　笑ってる人が歩いてく
北風の中　時代は変わってゆく

ギリシャ語で　消すことの出来ないこと
「不滅」を意味するらしいアスベスト
吸い込んでから何十年も経って

発病したりするらしい
まるで　いつ爆発するかも知れない　時限爆弾
それなら「不滅」より「不発」に
終わって欲しいアスベスト

泣いてる人　笑ってる人が歩いてく
北風の中　時代は変わってゆく

紀宮様ご結婚　そして皇室では女性
女系天皇がやっと容認されたらしい
ところで皇室ってのは
いつまであり続けるんだろう?
そもそも天皇陛下様ってのは何様なんだろう?

泣いてる人　笑ってる人が歩いてく
北風の中　時代は変わってゆく

（まぁまぁそれでも
明るいNEWSもあるにはありました）
「また宇宙に戻りたい」って
スペース・シャトル野口さん
名古屋　愛・地球博　入場者二千二百万人突破
マラソン復活　高橋Ｑちゃん
プロ野球ロッテ三十年振り日本一
Ah でもなんか影が薄い気がする
明るいＮＥＷＳ達

泣いてる人　笑ってる人が歩いてく
北風の中　時代は変わってゆく

中国で反日デモ強まる　大使館　領事館
日本料理店などに投石　ＮＨＫ会長辞任
受信料拒否五十万件

四十七都道府県のガードレールに謎の金属片
小泉純一郎靖国神社参拝　決行！

泣いてる人　笑ってる人が歩いてく
北風の中　時代は変わってゆく

（どー考えても今年のNEWSの目玉）
衆議院解散　9.11総選挙
自民党圧勝　二百九十六議席　与党大勝利
Oh　今後国政が　独善と独走に走らないだろうか？
大勝利ならばこその　選挙後は謙虚に

泣いてる人　笑ってる人が歩いてく
北風の中　時代は変わってゆく

（そういうわけで）

戦後六十年　還暦に巡ってきたこの総選挙
今この国の未来　国民が選ぶということは
世界の中の日本を選ぶということなのだろう……
小泉劇場体制は
この先何を選んでくんだろう？……

泣いてる人　笑ってる人が歩いてく
北風の中　時代は変わってゆく

年の終わりに駆け巡ってる大事件
マンション　ホテルの構造建築疑惑
庶民の夢　人生賭けてのマイホーム
（その夢を）揺さぶる地震の震源地は
ほんとはどこの誰なの？

泣いてる人　笑ってる人が歩いてく

北風の中　時代は変わってゆく

拉致被害者　横田めぐみさんの
「遺骨」鑑定巡り日朝両国が応酬
大阪寝屋川の小学校　十七歳卒業生　教員殺害

フィリピン　ミンダナオ島に
旧日本兵生存の可能性
通学高校生の列に　飲酒運転の車　三人死亡
ロンドンで地下鉄　バス同時テロ　死者五十人以上
同じくロンドンで再び同時テロ
警察「無関係」男性　射殺
エジプト観光地で連続テロ
死者は出稼ぎの人　巻き添え八人

自殺サイトで誘い出し　男女三人殺害
会社員逮捕

イラクのシーア派　祭礼でパニック　死者千人以上
北海道　根室沖　漁船転覆　七人死亡
パキスタン大地震　死者　日本人含む五万人
インドネシア・バリ島　自爆テロ　二十人死亡
広島県　小学一年女子殺害　三十歳　ペルー人男逮捕
栃木県　小学一年女子　茨城県で遺体で発見
京都　宇治市の学習塾講師　小学六年女子殺害
レコード大賞　審査委員長　自宅全焼
焼け跡で遺体発見

あー 世の中は命の尊さに マヒしてる マヒしてる
命一つ一つに名前があり
かけがえのないものであるってことに
戦争 人災 天災 殺人 事故 テロ 拉致 自殺
Ah 取り返しのつかぬもの　イ・ノ・チ!

泣いてる人 笑ってる人が歩いてく
北風の中 時代は変わってゆく

それにしても凄まじかった世界各地のハリケーン
日本各地の大雨地震の大災害
あー　今自然が人類に
何か訴えかけてるんだろうか?
科学や知識さえ歯が立たぬこの星の叫び……

泣いてる人 笑ってる人が歩いてく
北風の中 時代は変わってゆく

人並みに暮らせることは幸せなことだろう
それじゃぁ……人並み以上ってのは
もっと幸せなんだろう
ところで人並みってのは
どういうことなんだろう?
誰の何を基準に人並みって言うのだろう?

泣いてる人 笑ってる人が歩いてく
北風の中 時代は変わってゆく

家族のこと 友達のこと考える
仕事のこと 生活のこと ふるさとのこと考える
愛する 愛されること 生きるということ考える
そして時々考える……死ぬということ……

泣いてる人　笑ってる人が歩いてく
北風の中　時代は変わってゆく

生まれてくる子供はみんな天使さ（Angel）
お偉い方々の子供も犯罪者の子供も
貧しき人　裕福な人　どんな肌の色
生まれくる　すべての子供に　祝福あれ！

泣いてる人　笑ってる人が歩いてく
北風の中　時代は変わってゆく

悲しい別れがありました
新しい出会いがありました
明日を生きてく君がいる
生きてく君の明日がある

泣いてる人　笑ってる人が歩いてく
北風の中　時代は変わってゆく

こんな歌　唄ってる俺は全く　いい気なもんだろう
唄など間に合わぬ暮らしの中
でも来年もきっとまた唄ってるだろう
「Love&Peace」「平和を我等に」
「この世界に愛を」　なんて

泣いてる人　笑ってる人が歩いてく
北風の中　時代は変わってゆく

ある朝かごをぬけ出す小鳥さん
いったいどこまで飛んでみるの？
大空の果てしない自由求めて
さぁ　羽根をいっぱい広げて飛んでみるんだな……

泣いてる人　笑ってる人が歩いてく
北風の中　時代はもう変わってゆく

泣いてる人　笑ってる人が歩いてく
北風の中　時代は今　変わってゆく
(The)times they are a-changin'……

（オリジナル：ボブ・ディラン）

デラシネ達

ミュートされたトランペットのブルースの
響き流れる真っ昼間の薄暗闇の中、
有り得るはず無い妖精が、
ちょっとばかしくたびれた男達と、
明日へのあて無き少年達に、
火と水とを差し出している。
彼等は火を受け取り、水を浴びる。
その妖精さえも実はこの地球という星に、
時給いくらかの報酬で雇われて
やって来ているということは誰もが知ってはいたが、
誰もがそんなことはどうでも良かった。
唯、火と水とをもらいに、ある男は毎日、
ある少年は二～三日おきにやって来ていた。

やがて地球の時間の尺度の感覚では小一時間程度で、
みんな〝こんにちは〟と〝さようなら〟の
一言を言いかけては言い出しかねて、
その妖精の元を去り日常へと帰還して行く。
やって来た誰もがまたいつも自分の時間に帰っていく。
さっきもらった火と水のエネルギーが
断ち切れるまで、それまで背筋をしゃんと伸ばしては、
自分自身を精一杯励まして帰って行く。
ミュートされたトランペットなどより、
彼等はその妖精のさし出す
火と水の精が欲しかったのだ。
もし運がちょっとよけりゃ、
いつもと何ら変わりばえのしない、

午後の柔らかな陽ざしの下、昼間の薄暗闇の中で、
妖精がそこにやって来た本当の理由と、
いったい自分はどんな人間に映ったかを、
そっと教えてもらいたかったのだ。
だいいち誰だって悪気は
これっぽっちも無かったのだし、
彼等はちょっとばかし不器用な、
この二十世紀末の奇妙な街の
小さな小さなデラシネ達だったのだから………。

ねえ君は知っているだろうか？
そのデラシネ達が
本当に欲しがっていた何だったんだかを？
火？　水？　違うなぁ……。
国？　家？　お金？　違うなぁ……。
幸福？　可愛い女の子？……。
それはね、それはね、
話し相手なんだよ……。

そんなはずはない

そんなはずはないのに
ボンゴとコンガの嵐、
そしてそれまでに聞いたこともない
打楽器の激しいビートの中を、
どこか中近東あたりのメロディーを
ギターがぬっていくというその曲が、
窓辺においたラジオのＦＭ局から聞こえた。

そんなはずはないのに。

その曲は〝蛹〟という名の
彼の処女作の映像のサウンド・トラックだった。
彼は、何年か前サウジアラビアに移住した、
僕の架空の友人のシナリオ・ライターだった。

だから、そんなはずはない、はずなのだが……。

雪

雪の降る音知ってるよ
ゆうべ雪の降る音聞こえたよ
北国生まれじゃない僕も
雪の降る音わかったよ
明日戦争はＴＶの中で終わるらしい

会いたかった人

潮の香りを含んだ街の
あの丘の上　白い家
会いたかった人が　その昔住んでいたという家

遠くスペインあたりの香りを含んだ
あの丘の上　白い家
会いたかった人が　帰らなくなったという家

さよならも言わないなんて
さよならも言わずに行っちまうなんて

橋の向こう　坂の上のコーヒー屋
無口なマスターが吹いてる
会いたかった人にも聞こえてるだろうか……
遠い笛の音

紫陽花の香りをちょっと含んだ街の
あの丘の上　不思議な家
受け取り人の無い
ことばを抱え込んだポスト

さよならも言わないなんて
さよならも言わずに行っちまうなんて

潮の香りを含んだ街の
あの丘の上　白い家

会いたかった人がそう呼んでた……
幻のユートピア

雨があがった夏も近いある日
開いたままの二階の窓から
今にも流れてきそうだった
音楽などに　さして興味もなかった
会いたかった人が
たった一つ好きだったというメロディー……
「ベルリン・フィルハーモニー管弦楽団」
モーツアルトのレクイエム

さよならも言わないなんて（誰にも）
さよならも言わずに行っちまうなんて……

会いたかった人……
一度会ってみたかった人……
会いたかった人……

太陽に歌って（戸山ハイツ）

東京都〝新宿区戸山ハイツ一号地百四番〟
そこが僕の記憶の現住所。
「家族の肖像」の記憶の現住所……。
建て増して作ってもらった、僕の隠れ家で
暑い暑い真夏の夜、１４８０Ｋサイクル
ラジオ関東から流れてきた
あの栄光のサウンド達、
「朝日のあたる家」、「恋する二人」
「Rock'n roll Music」はビートルズ
アストロノウツ「太陽の彼方」、
ロニーとデイトナス「GTOでぶっとばせ」、
「ロシアより愛をこめて」、
「恋のダウン・タウン」、

イタリアはカンツオーネ
「ほほにかかる涙」「夢見る思い」、
リバプールサウンド
サーチャーズ「Love Potion No.9」、
「BUS STOP」ホリーズ、
ヤードバーズ「For your LOVE」
キンクス「All of the Night 」
「You Really Got Me」、
ゾンビーズ「Tell Her No」、「Sha-La-La」
「ドゥワ・ディ・ディ・ディ・ディ」は
マンフレットマン
「Tell Me」「Time Is On My Side」
「Heart Of Stone」

アメリカ　ニューヨークグリニッチビレッチ
ラヴィン・スプーンフル
「Do You Believe In Magic」
ロサンゼルス　バーズ
「Mr. Tambourine Man」
カルフォルニア　ブライアンウイルソン
「I Get Around」はビーチ・ボーイズ
「オー・プリティー・ウーマン」ロイオービスン
ゲール・ガーネット「太陽に歌って」
あの栄光のサウンド達
僕や僕らは「太陽に歌ってた」……
あの日、そう　僕らは
いつも「太陽に歌って」……
We Sing in the Sunshine Everyday
We Sing in the Sunshine Everyday
Everyday

We Sing in the Sunshine
Sunshine Sunshine
「太陽に唄って」
Sing in the Sunshine　Everyday

東京二十三区内で、標高が一番高いらしいってことが、
なんか子供心にちょっと自慢だった
近所の「箱根山」。　そういう愛称の小高い丘、
その丘の中腹にあった1本の松の木の下に、
ある時、となりのカッチャンと一緒に、
宝物を埋めた。
潜水艦、ビー玉、メンコ、ベーゴマ、
見返り美人　月に雁……それに
僕らの日々「僕らの日々」を一緒に埋めた。
その宝物はそれ以来二度と、
一度も掘り起こされることはなかった……。

僕や僕らは「太陽に歌ってた」……
そう、　あの日　いつだって
僕や僕らは「太陽に歌って」……
We Sing in the Sunshine Everyday
We Sing in the Sunshine
「太陽に歌って」「太陽に歌って」
We Sing in the Sunshine　Sunshine
「太陽に歌って」あの日僕らは
We Sing in the Sunshine

戸山ハイツ　夏　おばさんの店で、
アイスキャンディ買ってかじりながら帰る
冬　チロとおばあちゃんと、
雪のバス停に夕方、兄貴、迎えに行く
秋　オヤジの印刷機械のにおいのしみ込んだ
カーデガン、おふくろの真白なかっぽう着

そして春　戸山ハイツ、桜広場のゆるやかな風
ネイバフットセンター　ジャングルジーム
戸山教会　見晴らし塔からのオレンジ色の夕焼け

かつて、１９６４年　日本
東京オリンピックを景気にその街の姿は、
繁栄に向かって向かって　一変してく
戸山ハイツもまた　都市近代化政策の命令の元
僕らの地図帳から永遠にその姿を消した。永遠
にその姿が消えた……
夕暮れの路地裏にたちこめた
ご飯のにおいは、消えてった……
僕や僕らは「太陽に歌ってた」……
あの日「太陽に歌ってた」
そう　あの日　僕らはきっと
「太陽に歌って」……

We Sing in the Sunshine Everyday
We Sing in the Sunshine
「太陽に歌って」「太陽に歌って」
We Sing in the Sunshine
Sunshine Sunshine
「太陽に歌って」　Everyday　Everyday

東京都〝新宿区戸山ハイツ一号地百四番〟
そこが僕の記憶の現住所。
「家族の肖像」の記憶の現住所……。
そこが僕らの日々の　遠い記憶の現住所
まだ「過去への未練」「過去への未練」はもとより
まさか「未来への未練」「未来への未練」
そんなことばの存在を
認識出来るハズもない時代の
そこが「僕らの日々の」記憶の現住所……。
僕らの日々の　遠い記憶の現住所
「家族の肖像」の遠い記憶の現住所
〝新宿区戸山ハイツ一号地百四番〟
〝新宿区戸山ハイツ一号地百四番〟
……そこが……そこが
家族のゆくえ……家族のゆくえ……

good song を君に

good song を君に　good song を……

君にも聞かせたい　唄をみつけたのさ
俺の好きな感じさ　クールに弾けるような
オーライ！　オーライ！
たとえブルーな夜さえも
きっとその唄は　君の気分を変えるさ

good song を君に　good song を
そんな good song を　hey, hey, hey
君に早く聞かせたい　届けたい

おいしいワインを　口にした時のような
ちょっとついてる　ホットに酔わせてくれるような
オーライ！　オーライ！
たとえ眠れぬ夜にさえも　きっとその唄は
君の気分を変えるさ

good song を君に　good song を
そんな good song を　hey, hey, hey
君に早く聞かせたい　届けたい

簡単なメロディー　たった一つのことばでいいさ

俺の居場所はここらしい
好き嫌いならはっきりしてるさ
オーライ！　オーライ！
風が泣いて夜さえも　きっとその唄は
君の気分を変えるさ

good song を君に　good song を
そんな good song を　hey, hey, hey　君に
早く聞かせたい　届けたい

陽気にやろうぜィ！

陽気にやろうぜィ　Baby　陽気に　さぁ
陽気にやろうぜィ　Baby　陽気に　さぁ
気の持ちよう次第で　一日の天気も変る
考え方一つで
陽気にやろうぜィ　Baby　陽気に　さぁ
陽気にやろうぜィ　Baby　陽気に　さぁ
歩き方一つで　きのうのユーウツもふきとぶ
心づもり次第で　明日の行き先も変わる

陽気にやろうぜィ　Baby　陽気に　さぁ〜
気の持ちよう次第で　毎日の天気も変る
考え方一つで　人生の意味さえ変わる
陽気にやろうぜィ　Baby　陽気に　さぁ
陽気にやろうぜィ　せいぜィ　陽気に　さぁ
陽気にやろうぜィ……

ノンシャラン

（1）
oh oh 何かが　足りない夜
oh oh 何かが　多過ぎる夜
でも　とりあえず（は）　決まってないんだ
明日の心の振る舞い

（2）
oh oh 何かが　欲しい夜
oh oh 何かを　捨てたい夜
でも　とりあえず（は）　決まってないんだ
明日の心の振る舞い

（※）
それで　明日を　風に占ってみたら
吹きぬけてく　風の　ささやく　その声は
ノンシャラン、ノンシャラン、ノンシャラン、
耳元には　ノンシャラン……

（3）
oh oh 何かが　いとしい夜
oh oh 何かが　うっとしい夜
でも　とりあえず（は）　決まってないんだ
明日の心の振る舞い

（4）

oh oh 何か 忘れたい夜
oh oh 何か　忘れたくない夜
でも　とりあえず（は）　決まってないんだ
明日の心の振る舞い

（※）

それで　明日を　風に占ってみたら
吹きぬける　風の　ささやく　その声は
ノンシャラン、ノンシャラン、ノンシャラン、

耳元には　ノンシャラン
やっぱり　ノンシャラン
何度でも　ノンシャラン

見上げた　夜空に　北斗七星
まるで　ばかでかい　クエスチョン？
まるで　ばかでかい　クエスチョン？
oh oh oh……

MY WAY

今　私は　このステージに立ち
自分の歩んで来た
ささやかな道　たどってる
今日　私は五十六才の誕生日
ハッピィバースティ
明日からまた歩いてく
新しい MY WAY

たとえ　この先　俺の人生に
重たい雲が　たちこめ
のしかかっても
俺は打ちのめされず
Oh.Yeah!　ぶちかますだろう

たとえ　この身がくだけ散っても
行くぜ！　MY WAY

Ah 愛する人を　この腕で守るため
大切な友達や何かにまた出会うため
俺は行くのさ
この道　MY WAY

（オリジナル：ポール・アンカ）

明日の為に、今日もある。

DA DA DA DA……
DA DA DA DA……

ほんとうのことば　今　心のことば
ほんとうの叫び　今　心からの叫び
今日を生きてる　今日を生きよう
「明日の為に、今日もある。」

DA DA DA DA……
DA DA DA DA……

ほんとうのことば　今　心のことば
ほんとうの叫び　今　心からの叫び

今日を生きてる　今日を生きよう
「明日の為に、今日もある。」

DA DA DA DA……
DA DA DA DA……

泣いてたまるか

無邪気な日々は　忘却の彼方
遊びほうけて　年くってく子供達
幸せのズレ　理想のズレ
世界のユウウツ　時代のユウウツ

気ままな年月は　忘却の彼方
彷徨き回って　老け込んでく若者達
歓びのズレ　幸せのズレ
世界のユウウツ　時代のユウウツ

（でも）チュルルッチュ　チュルルッチュ
泣いてたまるか
チュルルッチュ　チュルルッチュ

泣いてたまるか
チュルルッチュ　チュルルッチュ　Hey

長い月日は　忘却の彼方
暮らし疲れて　古ぼけてく家族達
生活のズレ　日常のズレ
世界のユウウツ　時代のユウウツ

（でも）チュルルッチュ　チュルルッチュ
泣いてたまるか
チュルルッチュ　チュルルッチュ
泣いてたまるか
チュルルッチュ　チュルルッチュ　Hey

名も無き歳月は　忘却の彼方
歴史の片隅に　埋もれてゆく人生達
心のズレ　ことばのズレ
世界のユウウツ　時代のユウウツ

(でも)チュルルッチュ　チュルルッチュ
泣いてたまるか
チュルルッチュ　チュルルッチュ
泣いてたまるか
チュルルッチュ　チュルルッチュ　Hey

チュルルッチュ　チュルルッチュ
泣いてたまるか
チュルルッチュ　チュルルッチュ
泣いてたまるか
チュルルッチュ　チュルルッチュ　Hey

時代は変わる '06

ある朝かごをぬけ出した小鳥さん
いったいどこまで行ってしまったの？
きっと大空の自由が恋しくて
今ある幸せ捨てたんだな

泣いてる人　笑ってる人が歩いてく
北風の中　時代は変わってゆく

２００６年　麗蘭今年の仕事始めは
去年の暮れのコンサートのLive盤リリース
いったいどれだけの人達に俺達の
唄声が届いたんだろう？
いったいどれだけの想いが
作品に残せたんだろう？

泣いてる人　笑ってる人が歩いてく
北風の中　時代は変わってゆく

個人的に今年一番打ちのめされた事
それは俺の友達が病に倒れたこと
でも結果的に今年一番嬉しかった事となる
それは　その友達が
元気に回復してくれてるってこと

泣いてる人　笑ってる人が歩いてく
北風の中　時代は変わってゆく

なんといっても　ライブドア　ホリエモン逮捕
人の心まで金で買えると豪語してたホリエモン
そのホリエモンが涙を流したそうな
流した涙も金で買ったんだろうか？

泣いてる人 笑ってる人が歩いてく
北風の中 時代は変わってゆく

そのホリエモンのニュースも含めて
今年のはじめの出来事なんて
なんかもう遠い記憶の気がする
２００６年はどんな年になるんだろう？って
一年の計は元旦にどうあったんだっけ？

泣いてる人 笑ってる人が歩いてく
北風の中 時代は変わってゆく

今年もいらつくことばかりありそうで
それは俺がまたオヤジになった証拠なんだろう
どこもかしこも　どいつもこいつも
いらつくことばかり
いらつく俺自身にさえ　いらつくのさ

泣いてる人 笑ってる人が歩いてく
北風の中 時代は変わってゆく

仙台の病院
生後十一日の男児誘拐 夫婦三人逮捕
国会 送金メール騒動で民主党大揺れ
拉致被害者 横田めぐみさん
夫は 拉致韓国人とDNA鑑定で判明
村上ファンド代表 インサイダー容疑で逮捕

泣いてる人　笑ってる人が歩いてく
北風の中　時代は変わってゆく

飲酒運転による事故多発　警視庁　規制強化検討
出生率　過去最低更新　少子化止まらず
ロンドンでテロ未遂　容疑者二十一人逮捕
パロマを始め　ガス湯沸器会社の製品に欠陥多発
経産省調査へ

泣いてる人　笑ってる人が歩いてく
北風の中　時代は変わってゆく

オウム事件松本被告
死刑確定　最高裁特別抗告を棄却
小泉首相　終戦の日　靖国参拝　現職では二十一年ぶり
文部大臣賞受賞洋画家
イタリア人画家の作品を盗作疑惑
冥王星　惑星から降格　惑星の数八個となる

泣いてる人　笑ってる人が歩いてく
北風の中　時代は変わってゆく

安倍晋三内閣発足　戦後最年少
論功型　強い保守色
北朝鮮テポドンIIなど　ミサイル七発発射
日本海着弾
北海道　夕張市　財政破綻　負債巨額六百三十二億円
自民党　タウンミーティング疑惑
安倍内閣支持率　早くも急降下

泣いてる人　笑ってる人が歩いてく
北風の中　時代は変わってゆく

メジャーリーグ　ヤンキース松井骨折　戦線離脱
ワールドカップ　サッカーJAPAN　惨敗
中田英寿引退
競馬　フランス凱旋門賞ディープインパクト
ドーピング疑惑
Ah　スポーツ新聞の見出しにさえ暗い影

泣いてる人　笑ってる人が歩いてく
北風の中　時代は変わってゆく

でもスポーツ明るいニュースもありました
荒川静香オリンピック女子フィギュアスケート
日本人初の金メダル　イナバウアー
「野球世界一決定戦」WBCで日本代表初王者
真夏の甲子園　爽やかな汗　ハンカチ王子
少年よ大志を抱け　想いは叶う

みろよ　松坂大輔　メジャーへ旅立ち
泣いてる人　笑ってる人が歩いてく
北風の中　時代は変わってゆく

皇室では秋篠宮紀子サマ男児御出産
命名は「悠仁」様　昭和天皇
靖国のA級戦犯に不快感のメモ露出
あー　ところで皇室ってのは
いつまであり続けるんだろう？
そもそも天皇陛下様ってのは……

泣いてる人　笑ってる人が歩いてく
北風の中　時代は変わってゆく

全く騒々しかった国民不在の自民党復党問題
四十五都道府県に警報　ノロウイルス感染強力

教育基本法改正
それは子供達にどんな影響及ぼすのか？
再開された六ヶ国協議
危うし北朝鮮問題の行方はいかに……

泣いてる人　笑ってる人が歩いてく
北風の中　時代は変わってゆく

日本海側中心に記録的大雪　死者百人超す
福岡飲酒運転ひき逃げ　幼児三人死亡

滋賀県長浜市　付き添いの母による幼稚園児刺殺
川崎市　マンション十五階から小学三年男子転落死
市内の四十一歳男逮捕

富山の市民病院
患者の人工呼吸器外し七人死亡
平塚のアパート　乳幼児三人含む五遺体
さらに娘も殺害　母親逮捕

埼玉　小学二年女子
市民プール吸水口に吸い込まれ死亡
インドネシア　ジャワ島
マグニチュード6.3大地震　死者五千人

秋田　小学一年男子殺害　畠山容疑者
小学四年　実の娘も殺害

港区の公共住宅
エレベーターに挟まれ高二男子死亡

奈良高一長男　自宅に放火　母子三人死亡
ケンタッキーで飛行機墜落

死者邦人夫妻含む四十九人
パロマ製湯沸器で中毒事故 八十五年以降死者二十一人
岩手県母娘殺害 盗聴侵入二十九歳男逮捕

北海道稚内 母親刺殺 十六歳長男
友人十五歳に三十万で殺人依頼
山口県 高等専門学生 殺害
十九歳同級生 男子逮捕

イラクのスンニ派 シーア派の聖堂爆破 死者四百人
全国各地 中高生いじめによる自殺多発
後を絶たず

元ロシア連邦保安局幹部 亡命先ロンドンで毒殺
イギリスで切り裂きジャック再来か
売春婦五人惨殺

愛知 中二男子 ホームレス殺害
アメリカ カリフォルニア
飛行機墜落 邦人三人死亡

あー 世の中は命の尊さに マヒしてる
命一つ一つに名前があり
かけがえのないものであるってことに……。
戦争 人災 天災 殺人 事故 テロ 拉致 自殺
あー 取り返しのつかぬもの い・の・ち！

泣いてる人 笑ってる人が歩いてく
北風の中 時代は変わってゆく

世界の人口は今年で六十五億人を突破するらしい
七年後世界の人口は七十億人になるという
Ah この地球に人類だけが

そんなに増えていいものなのだろうか
自然界は人類に何を訴えかけて居るんだろう？

泣いてる人　笑ってる人が歩いてく
北風の中　時代は変わってゆく

人並みに暮らせることは幸せなことだろう
それじゃぁ　人並み以上ってのは
もっと幸せなんだろう
ところで人並みってのは
どういうことを言うんだろう？
誰の何を基準に人並みって言うんだろう？

泣いてる人　笑ってる人が歩いてく
北風の中　時代は変わってゆく

家族のこと　友達のこと考える
親父のことお袋のこと考える
仕事のこと　生活のこと　ふるさとのこと考える
愛する　愛されること　生きるということ考える
そして時々考える……死ぬということ……

泣いてる人　笑ってる人が歩いてく
北風の中　時代は変わってゆく

生まれてくる子供はみんな天使さ　Angel
お偉い方々の子供も犯罪者の子供も
貧しき人　裕福な人　どんな肌の色……
生まれくる　すべての子供達に　祝福あれ！

泣いてる人　笑ってる人が歩いてく
北風の中　時代は変わってゆく

悲しい別れがありました
新しい出会いがありました
明日を生きてく君がいる
生きてく君の明日がある

泣いてる人　笑ってる人が歩いてく
北風の中　時代は変わってゆく

こんな歌　唄ってる俺は全く　いい気なもんだろう
唄など間に合わぬ暮らしの中
でも来年もきっとまた唄ってるだろう
「Love&Peace」「この世界に愛を」なんて……
泣いてる人　笑ってる人が歩いてく
北風の中　時代は変わってゆく

ある朝かごをぬけ出す小鳥さん
いったいどこまで飛んでみるの?
きっと大空の自由求めて……
羽根をいっぱい広げて飛んでみるんだな……

泣いてる人　笑ってる人が歩いてく
北風の中　時代はもう変わってゆく

泣いてる人　笑ってる人が歩いてく
北風の中　時代は今　変わってゆく

(The)times they are a-changin'……

（オリジナル：ボブ・ディラン）

I'm a BAND MAN

俺の仕事はBAND MAN
職業欄にBAND MAN
遊びじゃない趣味じゃない
俺の仕事さBAND MAN

俺は働くBAND MAN
手に職あるBAND MAN
ガキの頃は落ちこぼれ
今は手に職あるBAND MAN

何処へでも行くぜ　まだまだ
いつでも唄うぜ　まだまだ
ギターを鳴らすぜ　もっともっと
商売道具はギターと身体！

俺はずーっとBAND MAN
この道一筋　Hey Hey Hey

いつでも唄うぜ　まだまだ
世界中まわるぜ　津々浦々

ギターを鳴らすぜ　もっともっと
商売道具さギターと身体！

俺の仕事はBAND MAN
職業欄にBAND MAN
何の保証もないが定年もない
くたばっちまうまでBAND MAN
世間的には気楽な稼業
ヤクザな稼業　Hey Hey Hey

時々思ったりする
生まれ変わるならスポーツマン
隣の芝生は美しい　一度住んでみたい隣ん家

No No！No No！
やっぱり俺はBAND MAN
生まれ変わっても　Hey Hey Hey
この道一筋まっしぐら
誇り高きBAND MAN

運

あの娘夜ふけの　ギャンブラー
西か東か占う
あの娘夜ふけの　ギャンブラー
南か北か占う
でも答えはいつも次のカードさ
運……

あの娘夜ふけの　ギャンブラー
地獄　天国占う
あの娘夜ふけの　ギャンブラー
甘い水　苦い水占う
でも答えはいつも次のカードさ
運……

東か西か　南か北か　次のカード
それが運の別れ目のクロスロード
浮かぶ　沈む　切れる　切れない　次のカードさ
それが運の別れ目のクロスロード
東か西か　南か北か　次のカード
それが運の別れ目のクロスロード
浮かぶ　沈む　切れる　切れない　次のカードさ
それが運の別れ目のクロスロード

あの娘夜ふけの　ギャンブラー
今夜も待ってる　ジョーカー
あの娘夜ふけの　ギャンブラー
今夜も待ってる　ジョーカー
でも答えはいつも次のカードさ
運……

Blue Blue

ブルー　ブルー　ブルー　なんだかブルー
ブルー　ブルー　ブルー　この頃はブルー
何をしてたって　何処に行ったって
ブルー　ブルー　ブルー　So So BLUE
悔しいけどブルー　ハッキリ言ってブルー

ブルー　ブルー　ブルー　個人的にブルー
ブルー　ブルー　ブルー　社会的にブルー
朝 昼 晩 夜中　雨 風 雲り 晴れの日

ブルー　ブルー　So So BLUE
お前の声が聞きたい　お前の元気な声が

Yeah Yeah Yeah　!
Oh Oh Oh !
Wow Wow Wow !
Hi Hi Hi !
Hey Hey Hey Hey　ウォ〜!!

ブルー　ブルー　ブルー　油断するとブルー
ブルー　ブルー　ブルー　年齢的にブルー
歩いてても　車に乗っても
Wineを飲んでも　プールで泳いでても
ロックンロールを愛してても　ブルー
お前の声が聞きたい　お前の元気な声が

Yeah Yeah Yeah ！
Oh Oh Oh！
Wow Wow Wow！
Hi Hi Hi！
Hey Hey Hey Hey　ウォ〜!!

Well Alright

海岸線を南に　車走らせてると
alright　ウー・ラララ　alright
yeah　気分は　hey hey hey

潮風のメロディ　波のリズム
聞こえるもの全て　夏の色
alright　ウー・ラララ　alright
yeah　気分は　hey hey hey

忘れたい事　忘れていたい
忘れてしまいたい事　忘れてしまいたい
いいだろ？　そんな一瞬あったって……

心のHoliday　青空Drive
救いの神様　それはMusic
alright　ウー・ラララ　alright
yeah　気分は　hey hey hey

心の窓開け放って　いい風いい波追いかけて
alright　ウー・ララ　alright
君を乗せて　hey hey hey

忘れたい事　忘れていたい
忘れてしまいたい事　忘れてしまいたい
いいだろ?　そんな一瞬あったって……

海岸線を南に　車走らせて行こう
alright　大丈夫　alright
さあ口ずさめ唄を　hey hey hey……

おいしい水

あー　なんか雰囲気いいよなあの人
とても人間味溢れてて
どーしてあそこに行くときはいつも
あんなに天気がいいんだろう?
あの人乗せて走りたいなDrive
青空の下　芦ノ湖　富士五湖

悲しみにゃ　不似合いなくらい
人間って　曖昧模糊
そもそもが　曖昧模糊

生きるヒントなんて　どこにもでもあるな
お金出して求めたりしなくても
答えがたとえ見つからなくたって

顔つきって　ことばを超えるかも
悲しみにゃ　不似合いなくらい
人間って　曖昧模糊
そもそもが　曖昧模糊

あー　なんか雰囲気いいよなあの人
とても人間味溢れてて
どーしてあそこへ行くときはいつも
あんなに天気がいいんだろう？
あの人に一杯飲ませてあげたいよ

穏やかな朝においしい水
穏やかな朝においしい水
綺麗な朝にきれいな水
それでどーぞ人間味溢れる毎日を……

Good Time

何か楽しい事　今夜探したい
何か楽しい事　今夜見つけたい
だって人生　毎日
そんなに楽しい事ばかりじゃないから

何かおもしろい事　今夜探したい
何かおもしろい事　今夜見つけたい
だって人生　毎日
そんなにおもしろい事ばかりじゃないから

まぶしい光の中　恋に落ちた夏
ブルー　ブルー　青い影の中　恋に破れた夏
確かに生きていた　確かに生きていた

あの熱い熱い熱い太陽の季節
まぶしい光の中　恋に落ちた夏
ブルー　ブルー　青い影の中　恋に破れた夏
確かに生きていた　確かに生きていた
あの熱い熱い熱い太陽の季節

ラララ……探してる
ルルル……Good Time

何か夢中になる事　今夜探したい
何か夢中になれる事　今夜見つけたい

ラララ……探してる
ルルル……Good Time

久遠

時を刻む　命の歩み
寄り添い棚引く　二つの影
俺の呼ぶ声に　気付きもせず……

季節をつなぐ　暮らしの轍
語る睦まじき　二つの影
俺の差し出す手に　触れることもなく

風に揺れる　記憶の陽炎
生きるつつましき　二つの影
俺の問いかけに　答えることもなく

時を刻む　命の歩み
寄り添い棚引く　二つの影
俺の呼ぶ声に　気付きもせず
俺の呼ぶ声に　気付きもせず
俺の叫ぶ声に　気付きもせず
俺の叫ぶ心に　振り向きもせず……

Home

R&Rから一番遠くにあるような、
そんな長い廊下を渡って、昼下がり。
R&Rなんてものから遠く遠く、
遙かに隔った様な長い廊下の、
その向こうにある昼下がり、ランチ・タイム。
それでも耳を澄ませば聞こえてくる、
かすかな音楽のかけら。
聞こえてくる、聞こえてくる、ことば、
かすかなことばの破片。
……R&Rなんてものから思いっきり
離れてる気がする長い廊下の向こう……。
でも、そんな景色には
何だか不似合いなほどの太陽の光。

「太陽がいっぱい」の、
まるで何かを肯定するかのような光。
「太陽がいっぱい」の昼下がり、
ランチ・タイム、ランチ・タイム……
ランチ・タイムの静粛……。

「生きるってことはなんてぶざまなんだろう」
でも「生きるってことは
なんて凄まじく尊いんだろう」……
「単純な問いかけ」「複雑な答え」
「様々な幻滅」……
それでもちょっと未来をはらんだ柔らかな風、
ぎりぎりな希望、そのありか……。

行ったり、来たり……。R&Rなんてものから
思いっきり遥か彼方にあるような、
長い廊下の向こうの昼下がり、
ランチ・タイム……ランチ・タイム。
……それでも耳を澄ませば聞こえてくる
音楽のかけら……漂うことばの破片。
……どこかの誰かが発した声、
誰かがどこかで発してくれた声。
「たとえ人格が
肉体的、精神的に打ち砕かれようとも、
なおも壊れないもの……魂、魂、たましい」

大丈夫、さあ歩いて帰ろう。
立ち上がって、歩いて歩いて……帰ろう。
ちょっと唄でも口ずさんでさ……
「ラララ!!」って、そう唄でも口ずさんでさ、
……「今歌いたい唄」を、
今歌える唄を……
ほら西暦２００６年、新しい夏、やって来る。
ほら仕度、仕度しなくちゃ。
夏服に着替えてさ。
さあ……もうすぐ、きっと一緒に
さあ、帰るぜ……

キューバの唄

曇り空重たく　この頃とことんめげて
めげてふさいで　嘆いて
近頃　心身共　バテテ

なんだかんだで
ニッチモ　サッチモ　いかずに　めげて
めげて　なえて　困って　しょげて
すっかり　心身共　バテテ

キューバしのぎで　踏んばってしのいで
無駄骨かくごでも　踏んばって
キューバしのぎで　土壇場ふんばって
見せるぜ　火事場の馬鹿力

駄目もとで挑んで　打ちひしがれても　挑んで
転んでも　また起きて　この期に及んで　挑んで

キューバしのぎで　踏んばってしのいで
無駄骨かくごでも　踏んばって
キューバしのぎで　土壇場ふんばって
見せるぜ　火事場の馬鹿力

曇り空重たく　そんなこんなで　バテテ
踏んだり　蹴ったり　嘆いて
どうにもこうにも　めげて

あっち　こっち　どっちも

ニッチモ　サッチモ　どっちも
めげて　なえて　困って　しょげて
すっかり　心身共　バテテ

キューバしのぎで　踏んばってしのいで
無駄骨かくごでも　踏んばって
キューバしのぎで　土壇場ふんばって
みせるぜ　火事場の馬鹿力

キューバしのぎで　踏んばってしのいで
雨風しのいで　踏んばって
キューバしのぎで　土壇場ふんばって
みせるぜ　火事場の綱渡り

風樹

風が吹いてる　風が吹いてる
母親の横顔に　父親の寝顔に
子供達の祈りに　子供達の願いに

風が吹いてる　風が吹いてる
母親の憂鬱に　父親の退屈に
子供達の祈りに　子供達の願いに

風が吹いてる　風が吹いてる
母親の叫びに　父親の孤独に
子供達の祈りに　子供達の願いに

風が吹いてる　風が吹いてる
母親の事情に　父親の事情に
子供達の事情に　子供達の事情に

風が吹いてる　風が吹いてる　風が吹いてる
風が吹いてる
吹いてる　吹いてる　風が吹いてる
母親の胸に　父親の背中に
子供達の祈りに　子供達の願いに

風が吹いてる　風が吹いてる
母親の記憶に　父親の記憶に

子供達の記憶に　子供達の記憶に
そして　今また　風が吹いてる　風が吹いてる
子供達の祈りに　子供達の希望に
母親の笑顔に　父親の笑顔に
も一度　母親の笑顔に　父親の笑顔に……
清らかな泉の郷に　生きることを祝う里に
風が吹いてる　風が吹いてる
「木　静かならんと欲すれども　風止まず」

……でも　今日はなんだか　静かな緑の風が
まるで何事もなかったかのように
唯　唯　唯　吹いてる
清らかな泉の郷に　生きることを祝う里に
僕らを呼んでる　あの丘の上
唯　唯　吹いてる　風が吹いてる　吹いてる
ほら　庭の木に　やわらかな風が
唯　唯　唯　吹いてる
……ほら吹いてる……静かに……風が吹いてる

気分はJ.J.Cale

太陽の下　君と歩きたい　雨の中も君と居たい
あらゆる天気の中　君とずーっと歩いていたい
だって気分はJ.J.Cale　今気分はそんな気分
J.J.Cale　EASY!

事の良し悪しは　五分五分で
いい事　いやな事　五分五分で
ここから先は　気の持ち様
そこから先は　気の持ち様
だって気分はJ.J.Cale　今気分はそんな気分
J.J.Cale　EASY!

いろんなとこへ出かけて　いろんな物安売りして
いろんなとこ行きそびれて
いろんな物手に入れ損ねて
でも気分はJ.J.Cale　今気分はそんな気分
J.J.Cale　EASY!

何かを誰かに　盗まれても
誰かに何か　盗まれても
身ぐるみ全部はがされても
俺の人生ここにある
そうさ気分はJ.J.Cale　今気分はそんな気分
J.J.Cale　EASY!

太陽の下　君と歩きたい　雨の中も歩いていたい
あらゆる天気の中
ずーっとこのまま歩き続けてたい

だって気分はJ.J.Cale　今気分はそんな気分
大丈夫、気分はJ.J.Cale
今気分はそんな気分

QUESTION

幸せの量と　不幸せの量じゃ
どちらが多いんだろう　この地球上では
Ah, Ah, そんな　誰かが投げかけた
たわいない Question
Hey!

悲しみの量と　歓びの量じゃ
どちらが多いんだろう　この地球上では
Ah, Ah, そんな　誰かが投げかけた
たわいない Question
Hey!

明るい光の量と　Cry影の量じゃ
どちらが多いんだろう　この地球上では
Ah, Ah, そんな　誰かが投げかけた
たわいない Question
Hey!

愛の量と　憎しみの量じゃ
どちらが多いんだろう　この地球上では
Ah, Ah, そんな　誰かが投げかけた
たわいない Question
Hey!

破れた夢の量と　かなった夢の量じゃ
どちらが多いんだろう　この地球上では
Ah, Ah, そんな　誰かが投げかけた
たわいない Question
Hey!

希望の量と　失望の量じゃ
どちらが多いんだろう　この地球上では
Ah, そんな　誰かが投げかけた
たわいない Question
Hey!

未来という時間の量と　過去という時間の量じゃ
どちらが多いんだろう　この地球上では
Ah, Ah, そんな　誰かが投げかけてる
答えのない Question
Hey!

未来という時間の量と　過去という時間の量じゃ
どちらが多いんだろう　この地球上では
Ah, Ah, そんな　誰かが投げかけてる
答えのない Question
Hey!

Are You Alright?

Are you all right?　木枯しの町
Are you all right?　君はそこに居るかい？
Are you all right?　元気にしてるかい？
Are you all right?　歩いているかい？

Are you all right?　眠れてるかい？
Are you all right?　食べてるかい？
Are you all right?　探し物はあったかい？
Are you all right?　みんなとうまくやって
るかい？
Are you all right?

桜吹雪　三月春
太陽の季節　八月夏
銀杏並木　十月秋
ジングルベル　十二月
もう　十二月　今年も暮れてゆく
Are you all right?

Are you all right?　欲しい物は何？
Are you all right?　会いたい人は誰？
Are you all right?　行きたいとこは何処？
Are you all right?　で、本当の望みは何？
Are you all right?

桜吹雪　三月春
太陽の季節　八月夏
銀杏並木　十月秋
ジングルベル　十二月
もう　十二月　今年も暮れてゆく

Are you all right?　君はそこに居るかい？
Are you all right?　君はそこに居るかい？
Are you all right?　生きてるのがわかるかい？
Are you all right?　生きてるのがわかるかい？

（オリジナル：ルシンダ・ウイリアムズ）

Two of us

俺達二人　ガキの頃から　大の仲良しさ
笑ったり　けんかしたり　悪さしたりした
あの頃へ
帰ろう　今夜帰ろう　あの頃へ

俺達二人　世の中からずいぶん　はぐれてた
はぐれてた同志だから
俺達きっと　馬があったのかも
帰ろう　今夜帰ろう　あの頃へ

君と過ごした時間には　特別な想いがいっぱいさ

俺達二人　今は別々の道　歩いているけど
二人にしかわからない　魔法の瞬間が　あるのさ
帰ろう　今夜帰ろう　あの頃へ

君と過ごした時間には　特別な想いがいっぱいさ

俺達二人　今は別々の道　歩いているけど
二人にしかわからない　魔法の瞬間が　あるのさ
帰ろう　今夜帰ろう……　Going Home……

（オリジナル：ザ・ビートルズ）

As Tears Go By

それはある日の午後
あの子は座って窓の外　子供達の遊ぶのを見てる
笑い顔がいっぱい　溢れてる
でも　あの子の目には　泪溢れて

「しあわせって　いくらで手に入れられるの？」
子供達の無邪気な笑い声がする
冷たい雨が　街並を濡らす
あの子の目には　泪溢れて

いつでも　あっと言う間に昼は夜になる
あの子供達は　いつまで今のままだろう
あの子は座って窓の外を見てる
かわいた心　泪あふれて

（オリジナル：ザ・ローリング・ストーンズ）

読書する男

都内のJRのある駅、
その駅から線路沿いに歩いて、高架線の下、
雨宿りには、うってつけの場所、
雨から逃れるにはうってつけの場所、
言ってみるならば、雨から逃れる場所が
切実に欲しいといった事情の人物には
「特等席」といった場所。
そこがその男、そのホームレスの男の居場所、
あるいは住み家であった。

風体だけでも、世間的、
一般的レベルの基準からすれば、多分、
充分にインパクトのある彼の……、
さらなる印象的に
インパクトをかもし出す様子……
その様子とは……　いつも、いつだって、
どんな時、どんな時間であれ、
彼が「何かを読んでいる」といった姿であった。
日が暮れてからも読むためだろう。
彼の頭上にはちゃんと街頭の灯りもある……。
そう……彼は、常に何かを読んでいるのであった。
こちらには向かず、高架線の柱の壁に向かって、
しかもずーっと立ったままの姿でだ。
俺は、車でそこを通りかかるたびに、
その姿を目にする。
なにせ、日常生活の中で、

よく利用する道での遭遇だけに、
必ず見かけることになるその男の決まり姿。
すなわち、いつだって壁に向かって、
立ったまま何かを読んでる。といった
印象的なシチュエーションに、
強いインパクトを受けるようになったのだ。
背中を向け、壁に向かっているとはいえ、
車で通りすぎる時、彼の横顔、
そして彼が手にしている読み物の、
形、形状といったことは、
なんとなくうかがい知ることができる。
そして……
確認できるその読まれている物とは……
新聞、あるいは雑誌といったたぐいの物では
どうやらない……。
つまりは、何某かの本、BOOK、書物。

例えば　小説物だったり、
何かのノンフィクション物、
あるいはエッセイ物か？　わからない。
いずれにせよ内容はともかく、
形状としては書物、BOOK、
……本という読み物であった。

のび放題の長髪、ヒゲ面、細身の身体、
衣服は確かに何日、いや何年も着古した、
そんな様相ではあったが、
のぞきみできるその横顔には、
凛としたある種の
「りりしさ」があるなんてことが、
この男への興味を深める大きな要因の
一つであることは間違いなかった……。
想像する　その男を想像してみる。

どうして彼はここに居るのか?
いったいどこからやって来たのか?
何故どうしてこの様な場所、
この様な生活にたどり着いたのか?
あるいはたどり着かざるをえなかったのか?
……想像する。

いったい彼は何者なのか?
あるいは何者だったのか?
そして何故、どうして壁に向かって立ったまま、
いつでも何かを読んでいるのか?
その横顔が俺に勝手なイメージを増幅させる。
……。そうだ、
きっと彼はどこかの大学の教授だったのだ。
全国的に有名な大学、私立、国立、
いずれかはどちらでもよい。
とにかくある有名大学の教授であったのだ。

何某かの出来事、それは学校との、
学生達とのなにがしかのトラブルを起因として、
それが家庭内でのトラブルをも巻き込み、
ひいては彼に関わるあらゆる社会的環境から
おさらばしたくなるといった出来事に遭遇して、
ドロップ・アウトを決意した。
あるいは決意させられた。
もしくは決意せざるをえなかった……。
いや、ひょっとすると、
そんな仕事上の直接的な出来事が
ドロップ・アウトの要因ではなく
彼個人のきわめて個人的に内包する人生への、
なーんか思い詰めた心情とかによって、
自らに関わるすべてを捨て去り、

ドロップ・アウトした……
そしてこの場所に流れ着いた…
なんてことなのかも知れない。
読んでる書物…
例えば大学時代に没頭していた何かの研究書……
それとも彼の生きてきた人生とは全く異なる
世界がのぞけるような、
例えば……（そう）SFミステリー
なんてものであろうか……
わからない……
想像する……　想像する……。

仕事で東京を離れていた俺は、
久しくその道を通らなかった。
そして久しぶりに、ある日、その道を車で通った。
当然いつもの様に、彼が壁に向かって立ったまま
何かを読んでいるといった姿を
目にするであろうと思いながら。
が、しかし、その日、彼の姿はそこにはなかった。
同じ日、帰り道、やはり彼の「不在」を
確認した俺は、なんだか気になって、
どーしてか気になって……
唯気になって車を止め、
彼の「特等席」へ向かった。
すると、壁に張り紙が一枚。
「その場所からの立ち退きを命ずる」紙切れが
一枚貼られていた。
彼は、居場所を追われたのだ。
彼はここには居られなくなったのだ。
次の彼の「特等席」を求めて、
ここを去ったのだ……。
それだけのことだったのだろう……

それだけのことだったハズだ。

彼がそこに存在していたことを証明する、
細切れの残骸達が、
いくらか、無造作にそこらに散らばっていた
タバコの吸い殻入れにしていたのか、
缶ジュースの空き缶。
冬に使っていたんだろう、手袋の片方。
何に使っていたのか、
使い古したような乾電池が２～３個。
そんな残骸達にまぎれて、汚れ、
破れかけた本が一冊、落葉の枯れ葉に
折り重なる様に落ちていた。
彼が読んでいたものの一冊に違いない。
汚れ破れかけたその本のタイトルが目にとまる。
「カラマーゾフの兄弟」

……それは彼の愛読書なのだろうか？
それとも、たまたま読んだ一冊なのだろうか？
「カラマーゾフの兄弟」
……その本は、俺が想像する彼のイメージとは
ずいぶん違和感のある、
かけ離れた世界の気がしたと同時に
なんだか反面、彼のイメージに見事フィット、
マッチする様な…
そんな両極端の不思議な印象を俺に残した。

彼はどこへ流れていったのだろう？
どこかに流れ着いて、
新たな彼の「特等席」をみつけて、
そして今もまた、何かを読んでいるのだろうか。

「読書する男」、彼はいったい

どこからやって来て、どこへ行くんだろう？
彼は彼の「特等席」で、
今日という日にいったい何を読むんだろう？
今日という日に「何を読みとろうとするのだろう？」

これはそれだけの話
たったそれだけの……
ここだけの……
小さな話だ……。

AUTUMN RAIN

バス停で待ってる
いつかのバス停だ
最終のバスにまだ間に合う
もう一度電話する
もうすぐ僕等の好きな音楽の季節だ……

バス停で待ってる
いつかのバス停だ　雨止みそう
最終のバスにきっとまだ間に合う
もう一度電話してみる
もうすぐ僕等の好きな音楽の季節だ……

バス停で待ってみる
いつかのバス停だ
最終のバスにきっとまだ間に合う
もう一度電話する
もうすぐ僕等の好きな音楽の季節だ……
きっともうすぐだ……
……
雨止みそう……　雨止みそう……
雨止みそう……
〈もう一度電話してみる〉
〈太陽輝きそう……　太陽輝きそう……〉

今 Yes We Can

Now the Time 今がその時
何かやるっきゃない　その時
変化しなきゃ　change!
何か変わる　チェンジのチャンス　今
Yes We Can できる　やれる
きっと　何か変われる　Yes We Can

可能性ちょっとまだ信じて
あとにはもう戻れない
愛の（I Know）強さ　信じていいかも
せめて今そのくらい
Yes We Can できる　やれる
きっと　何か変われる　Yes We Can

最低の状況　厳しい状況　相当ヤバイ状況
下ろしてしまいたい　お荷物
ほっぽり出したい重たい荷物
下ろしてしまいたい　お荷物
運べる気力もない荷物
でも　Yes We Can できる　やれる
きっと　大丈夫　やれる　できる
Yes We Can

今年を表す漢字の一文字は変化の変！らしい
俺なら今年を表す漢字の
一文字は危機一発の危　危険の危

大統領が変わって　首相が変わって
さぁ　俺の何のどこが
どれほど変わるんだろう?

社会的　個人的に相当四面楚歌
社会的　個人的に全面楚歌
精神的　肉体的　経済的に　ガタガタ
精神的　肉体的　経済的にもう
ガッタ　ガッタ　ガタ　ガタ　ガタ　ガタ

Now the Time 今がその時
何かやるっきゃない　その時
変化しなきゃ　change!
何か変わる　チェンジのチャンス　今
Yes We Can できる　やれる
きっと　何か変われる　Yes We Can
Yes We Can

サンドウィッチ

…………………

今度はそういうことだけで
このハイウエイ　走ってみたい
今度はそんな　何気ない一日に
このハイウエイ　くり出したい

サンドウィッチに青空
K.D.ラングのドライブ・ミュージック

今度はそんなことだけで
こんな田舎道　走ってみたい

今度はそんな　何気ない一日に
あの田舎道　走ってみたい

愉快な看板で　僕等は笑ったり
太陽のあかりで　君はお化粧したり

僕等はもう充分に　くたびれたのだから
僕等はもう充分に　疲れてるのだから……

この先　あの夢のレストラン開いてたら
ちょっとひと休みしてこう
この先　あの「夢」のレストランで

ちょっとひと休みさせてもらおう
「暖かいお茶と　幸福はありますか？」
（幸福をよろしく！）
「暖かい話と　幸福をよろしく！」
僕等はもう充分に　くたびれたのだから
僕等はもう充分に　疲れてるのだから……

今度はそんな　何気ない一日に
このハイウエイ　走ってみたい
今度こそ　何気ない一日
あんな田舎道　走ってみたい

祈り

遙かなる想い　君に伝えたい
その手だてなき夜は　この唄に祈る
静かなる想い　君に届けたい
その手だてなき夜は　この唄に祈る
ちぎれそうなくらい　かすかな　望み　でも

もっと君に　寄り添っていたいよ
僕の本当の心で……
絶え間なき想い　君に伝えたい
その手だてなき夜は　この唄に祈る
この唄に祈る　祈りをこの唄に
ルールールールールー

Your Song

いつでも君を　想ってる
どんな天気の　どんな日にも
春夏秋冬　何度巡っただろう
ここに居るハズの君が　ここに居ない夜

どんな朝を　今朝迎えただろう？
どんな夕暮れ　眺めてただろう？
朝昼晩夜中　想い浮かべてる
そこに居る君の　今、この時の姿

ああ　この唄は　君の唄だよ
君のために作って（今夜）唄ってる

Hope you don't mind
Hope you don't mind
心配しないで

Ah　素晴らしいハズさ　人生……まだ……

思うがままにならぬ　それがこの世の常
どうにもならぬ　望み　悲しき願い
春夏秋冬　何度巡っただろう
ここに居るハズの君に　ここに居ない夜

青い空見たかい？　雨のにおい嗅いだかい？

太陽の光　月灯り　見たかい?
朝昼晩夜中　想い浮かべてる
そこに居る君の　今、この時の姿

ああ　この唄は　君の唄だよ
君のために作って（今夜）唄ってる
Hope you don't mind
Hope you don't mind
心配しないで
Ah　素晴らしいハズさ　人生……まだ……

ああこの唄は　君の唄だよ
唄の一つ二つにどれ程の意味があるだろう
でもHope you don't mind
Hope you don't mind
でも信じていたい
Ah　素晴らしいハズさ　人生……まだ……まだ
……まだ……

（オリジナル：曲／エルトン・ジョン、詞／バーニー・トーピン）

Because

いずれ　この厳しい冬が終わったら
暖かな日が来る
そしたら君を　そこから　連れ出そう
Because, because I love you

君は何を望んで
遠い遠い空へ　そんなに　何を叫んでる？

君のその横顔に
いつか　笑顔が戻ったら
そしたら　きっと　連れ出そう
Because, because I love you

君の心　凍てついたまま
あらゆる　もの　こばんでも
いつか　いつか　その心　とけ出したら

きっと　きっと　連れ出そう
そこから　連れ出そう
そこから　連れ出そう
そこから　連れて帰ろう
Because, because I love you

Because, because we love you

（オリジナル：ザ・デイヴ・クラーク・ファイヴ）

太陽のあたる場所　〈A Place In The Sun〉

この曇り空　くぐりぬけられたら
Movin' on　出かけよう
長く暗い冬の陰　とけていく
Movin' on　出かけよう

太陽のあたる場所へ　君を連れ出そう
俺のこの肩につかまれよ
太陽のあたる場所へ　君を連れて行こう
俺たちの居るべき場所へ

このぬかるむ道も　歩き続ければ
Movin' on　何かに　たどり着けるかも

かすかな望み　信じる心
Movin’ on　出かけよう

太陽のあたる場所へ　君を連れ出そう
俺のこの肩につかまれよ
太陽のあたる場所へ　君を連れて行こう
俺たちの居るべき場所へ

太陽のあたる場所へ　君を連れて行こう
俺のこの肩につかまれよ
太陽のあたる場所　君を連れて行こう
俺たちの居るべき場所へ

（オリジナル：スティーヴィー・ワンダー）

All My Loving

愛だ恋だの唄ばかりが
ちまたにはあふれてる
そういうこの俺も歌うのは
愛だ、恋だLove Song

愛だ、恋だで生きてゆけりゃ
そりゃあ何より幸せさ
ほれた、はれた、ふられたぁ、ふったぁで
生きてゆけたらいいさ

all my Loving　君に送ろう
all my Loving　このLove Song

これ以上ないくらい甘いことばで
世の中渡りたい
愛だ、恋だ　ほれた、はれたでこの人生、
生きてみたい

all my Loving　君に送ろう
all my Loving　このLove Song
all my Loving　君に送ろう
all my Loving　このLove Song

（オリジナル：ザ・ビートルズ）

小さな願い／I say a little prayer

朝目が覚めたら　真っ先にする事
それは　君への祈り

顔を洗うより　服を着るより前に
君の事祈る

Forever　Forever　忘れない　どんな時も
Forever　Forever　忘れない　約束しよう
Together　Together
いつかきっと　また　ねえ　一緒に歩こう……

今　バスに乗ってる　なつかしい町走ってる
君の事　祈って

今Coffeeを飲んでる　なつかしい唄聞いてる
君の事　祈って

Forever　Forever　忘れない　どんな時も
Forever　Forever　忘れない　約束しよう
Together　Together
いつかきっと　また　ねえ　一緒に歩こう……

かなえて下さい　この小さな願い

どうぞ
かなえて下さい　この小さな願い

（オリジナル：アレサ・フランクリン）

Hungry Heart

風の吹きすさぶこのハイウェイ
俺は今車を飛ばしてる
これまでのことこれからのことに
想いを巡らせながら
誰もが満たされない心を抱えてる
朝が来て夜が来てまた朝が夜がやって来て……

風の吹きすさぶこのハイウェイ
俺は今車を飛ばしてる
オヤジのことおふくろのことに
想いを巡らせながら
誰もが満たされない心を抱えてる
朝が来て夜が来てまた朝が夜がやって来て……

風の吹きすさぶこのハイウェイ
俺は今車を飛ばしてる
家族友達仕事のことに
想いを巡らせながら
誰もが満たされない心を抱えてる
朝が来て夜が来てまた朝が夜がやって来て……

風の吹きすさぶこのハイウェイ
俺はずーっと車飛ばしてる
これまでのことこれからのことに
想いを巡らせながら
オヤジおふくろのことに
想いを巡らせながら

忘れたいこと忘れたくないことに
想いを巡らせながら
生きてくこと死にゆくことに
想いを巡らせながら
年を重ねて行くってことに
想いを巡らせながら
朝が来て夜が来てまた朝が夜がやって来て……

（オリジナル：ブルース・スプリングスティーン）

イン・ザ・ネバーフッド（Ver.09）

何年か前に　姿を消した
コタニってレコード屋がとても好きだった
子供の頃　あるX'masの夜
親父に連れられてジングルベルの中
「きよしこの夜」のシングル盤買ってもらったっけ
イン・ザ・ネバーフッド　それはこの近所
それは　ここら辺りの話さ

１９６０年代　中学、高校、
ティーン・エイジャーの頃
学校を毎日早退　さぼって　うろついてた
日活名画座で一服　紀伊国屋で立ち読み
三峰で万引き　花園神社でギターの練習

あれは二十才の頃　初めてBANDでレコード出せた
それは新宿御苑の向かい「アロエ」という
喫茶店の二階にあった　小さなレコード会社
知らない大人達に　突然囲まれてしまったような
そんな途方に暮れるような毎日の始まりだった

今や俺もずいぶん前からどうやら
年令だけは大人になったらしい
でも休みの日　足が向くのは　やっぱりこの町
あの頃の何かを　探してはみるけど
この頃の何かが　なんだか　なじめない

俺は今夜（ここ）〝PIT INN〟のステージに立ってる

たくさんの音楽が生まれた（偉大な）歴史の店
60年代　70、80、90年代
そして今2009年の音楽を奏でる
40年以上も前の音　俺がうろついてたこの町で
うぶ声をあげた店　〝新宿PIT INN〟

何年か前に　姿を消した
ほらすぐそこの画材屋
（世界堂のとなりにあった）
コタニってレコード屋がとても好きだった
……………………

（オリジナル：トム・ウェイツ）

ハニー・パイ

ハニー・パイ　君は僕を狂わせる
君のこと以外は　なまけてしまいたい

ハニー・パイ　君はまるでハリウッド・スター
僕がいくら恋しても　どうせ高嶺の花

でも夢の中でなら　会えるかも
太平洋でも　大西洋でも
越えて　会いに行けるさ

oh　ハニー・パイ　君にもうメロメロ
君のことが頭から　離れやしない

でも夢の中でなら　会えるかも
太平洋でも　大西洋でも
越えて　会いに行けるさ

ハニー・パイ　君は僕を狂わせる
君のこと以外は　全部なまけてしまいたい

（オリジナル：ザ・ビートルズ）

FIESTA

とことん　楽しまないと（だって）
人生はつかの間
俺みたいに　悩み悔やんでいると
バカを見るな
安物の人生　それでも
今日を生きてる

さあ　せいぜい　楽しまないと
人間はつかの間
さあ集まれ　男達
やって来いヨ　女達
今夜を祝おう（王）様
女王様気分で

（オリジナル：ザ・ポーグス）

ダーティー・オールド・タウン

流れる雲が　月を隠し
チンピラがえさをあさる裏通り
春の表通り　娘達が行く
うす汚れた町　この古い町

がらがらの映画館
遠い物語に　ぼやけた夢を見た
他の事全部サボって　R&R探した日
うす汚れた町　この古い町

きな臭いにおい　ふるさとの香り
サイレンの叫び　子守唄の記憶
もう売りさばかれた　俺の思い出
うす汚れた町　この古い町

ピカピカに　ナイフみがいて
枯れ木の様な　俺の心
引きさいたら　生まれ変われるだろうか？
うす汚れた町　この古い町

ネオンのひしめき　月灯り隠す
どこの誰だか　夜を盗んでく
春の表通り　娘達が行く
うす汚れた町　この古い町

（オリジナル：ダブリナーズ）

You've got a friend

君が落ち込んだり　悩んだり
何か助けが必要な時
何一つ　思いのままに　ならぬ時
そんな時　君の元へすぐ駆けつけて
その闇を　晴らしてあげられればって思うけど

誰かが誰かを呼ぶ　そばに居て欲しくて
それに答えて　すぐに飛んで行けるだろうか？
春夏秋冬　誰かが　誰かを呼ぶ
Ah　何が出来るだろう……　友達として

突然空が　厚い雲におおわれて
冷たい北風　また吹き荒れ出して
君のさまよう心　窓の外　遠く
帰れる場所　帰れる時間　追いかける求める

誰かが誰かを呼ぶ　そばに居て欲しくて
それに答えて
すぐに飛んで行けるだろうか
春夏秋冬　誰かが　誰かを呼ぶ
Ah　何が出来るだろう……

友達　名づけようもない
それは　出会いの奇跡
偶然？　必然？　この世でたった一つ
一つの出会い……

誰かが誰かを呼ぶ　そばに居て欲しくて
それに答えて　すぐに飛んで行けるだろうか？

春夏秋冬　誰かが　誰かを呼ぶ
Ah　何が出来るだろう……　友達として
You've got a friend

（オリジナル：キャロル・キング）

G線上のアリア／Everything is he alright

Everything is he alright
Everything is he alright
…………………
大丈夫…………
Everything is he alright

立ちはだかる沈黙　魂の渇き
メランコリーな午後　歩みのほころび
精神のほころび……そんなよどみの日常から

立ち上がってくる　立ち上がってくる……
意志　意志　意志……

……Everything is he alright
……Everything is he alright
………alright………大丈夫
Everything is he alright

（オリジナル：ヨハン・セバスチャン・バッハ）

ハートに火をつけて！

新しい門出の季節　何かの変り目
動き出す日常　　さぁ乗り遅れぬように

Come on baby　Light my fire
ハートに火をつけて
わかってる、　さぁ　やるっきゃない。

むー　一喜一憂　悲喜こもごも　でも
考え込むヒマはない
さぁ乗り遅れぬように

Come on baby　Light my fire

ハートに火をつけて
わかってる、　さぁ　やるっきゃない。

新しい門出の季節　　何かの変り目
動き出してる日常　乗り遅れぬように

Come on baby　Light my fire

ハートに火をつけて
わかってる、　さぁ　やるっきゃなーい。

（オリジナル：ザ・ドアーズ）

The Moon Struck One

僕のあの娘と　君のあの娘が
セーター(を)編んでる　僕等それぞれ二人の為に

僕等は屋根に登って　夜空の下
これからの事を　夢みたっけ……
屋根の上は　空に届きそうだぁー
月が僕等を照らしだしていた……

君のあの娘が　Coffee入れてる
僕のあの娘が　それを　カメラに収める
音楽が流れだす　Sweet でSoul な
僕等の愛する　Music

雨あがりのにおいが　部屋中に……
月が僕等を照らしだしていた……

僕等のセーターはきっともうすぐ編みあがる
僕等の計画はきっともうすぐ実現する
行く手をさえぎるものは　何もない
光をさえぎるものなど　何一つない

僕等は一緒に屋根の上
月が僕等を照らしだしていた……
……………
The Moon Struck One

(オリジナル：ザ・バンド)

時の流れを誰が知る？

朝焼けの空　渡り鳥達が飛び立って行く
どうしてあの鳥達は
季節の変わり目がわかるんだろう
これから先　どんなふうに
季節はめぐってゆくんだろう
時の流れを誰が知る

どんな事が起ころうとも
どんな事に出くわそーとも
また何気ない朝が来て
夜が何気なくやって来るんだろう

これから先
どんなふうに　季節はめぐってゆくんだろう
時の流れを誰が知る

ある晴れた朝
突然に　何か大きな大切なものを失う
その時君は初めて　初めて　気づくのだろうか
いつの間にか　もうそんな
季節になっていたのかってことを……
時の流れを誰が知る

また　春がめぐって来て
渡り鳥達がまたやって来る
どうしてあの鳥達は
季節の変わり目がわかるんだろう
これから先
どんなふうに　季節はめぐってゆくんだろう

時の流れを誰が知る
時の流れなんて…………
誰もわからない…………
ラ　ラ　ラ…………
ラ　ラ　ラ…………
…………時の流れを誰が知る
（who knows where time goes）

（オリジナル：サンディ・デニー）

四月になれば彼女は

四月になれば　彼女は
きっといいことあるかも
春の訪れ　暖かな陽ざし
そんなことに気づいて……

五月になれば　彼女は
きっといいことあるかも
五月晴れ緑の風邪のメロディ
そんなことに気づいて……

六月になれば　彼女は
もっといいことあるかも
あじさいの香り　雨のしずくのリズム

そんなことに気づいて……

七月八月になれば　彼女は
もっといいことあるかも
入道雲　せみの声　ヒマワリ
そんな夏に気づいて……

さあ　明日になれば　彼女に
きっといいことあるかも
大切な今日　昨日の自分
そんなことに気づいて……
大切な今日　昨日の自分
そんなことに気づいて……

明日になれば　四月になれば……

（オリジナル：ポール・サイモン）

2
0
1
0

YOU-I BLUES（２００９年）

You-I　おまえと俺　貴方と私
君と僕　愛　You　I

（別に）流行ことばに乗るってわけじゃないけど
（別に）鳩山　民主党　支持ってわけじゃないけど
大事にしたいな　愛　You-I

でっかい事　世界平和　だってさ
小っちゃな事から　始まって行くんだナ
（初めて行くんだな）

足元見なくちゃ　大空仰ぎ見る前に
ここから　そこから　始めよう　おまえと俺の愛
You-I

でっかい事　世界平和だってさ
小っちゃな事から　始めて行くんだな

足元見なくちゃ　大空仰ぎ見る前に
ここから　そこから　始めよう　おまえと俺の愛
You-I

別に　流行ことばに乗るってわけじゃないけど
別に特に　鳩山　民主党　支持ってわけじゃないけど
大事にしたいな　愛　You-I

You-I　友愛　おまえと俺　貴方と私
君と僕の愛　You-I

清掃の唄

ポイ　ポイ　ゴミを捨てましょう
ポイ　ポイ　今日一日のゴミを
燃えるゴミ　燃えないゴミ　生ゴミ　缶　ビン
それに人生のゴミを……

ポイ　ポイ　ゴミを捨てましょう
ポイ　ポイ　今日一日のゴミを
燃えるゴミ　燃えないゴミ　生ゴミ　缶　ビン
それに人生のゴミを……

Ah　捨てられない物ばかりが増えてくばかり
でも墓の下まで持っていける物なんて
何にもないさ

だから　ポイ　ポイ　ゴミを捨てましょう
ポイ　ポイ　今日一日のゴミを
燃えるゴミ　燃えないゴミ
生ゴミ　缶　ビン　粗大ゴミ
それに人生のゴミを……

Spirit

Ah　今夜　おまえを　どこへ連れ出そう
Ah　今夜　おまえに　何をあげよう
Ah　今夜　おまえを俺を連れてく
Ah　今夜　俺に何を（与えて）くれる

きのうよりやばい　今日を生きてく
（でも）生きてく今日　きのうより強く

だって　命以外何も　もう失うものなどない
命以外何も　もう失うものなどない

Ah　今夜　俺達　どこまで行ける
Ah　今夜　俺達　何を手にする

きのうよりやばい　今日を生きてく
（でも）生きてく今日　きのうより深く　遠く

だって　命以外何も　もう失うものなどない
命以外何も　もう失うものなどない

Ah　今夜　俺達　どこまで行ける
Ah　今夜　俺達　何を手にできる

命以外何も　失うものなどない

夏の口笛

ずっとあれから　努力してるんだ
君の「不在」を受けとめること……

坂道　曲り角　口笛
現われる　　君の気配

追いかけても　立ち去ってしまう
見慣れた　あの笑顔

ずっとあれから　努力してるんだ
君の「不在」を受けとめること

新しい夏やって来る
俺達の約束　置き去りに……
暑い風　輝く太陽
……でも……また夏が嫌いになりそうさ

坂道　曲り角　口笛
現われる　　君の気配
追いかけても　立ち去ってしまう
見慣れた　あの笑顔

ずっとあれから　努力してるんだ
君の「不在」を受けとめること
（君がいないこと……受け入れること…）
……

南行き列車

その日の空は　どこまでも続く青空で
僕等の旅立ちを　祝福してくれるよう
南行き列車に　飛び乗った　俺達

ギターと唄と　ポケットいっぱいのアイディアで
世間知らずだとしても
こわいもの知らずのよそ者達
南行き列車に　飛び乗った　俺達

小さな　小さな　R&R BANDの
（これは）小さな　小さな　旅立ちの唄
最高の音楽だけ（を）信じて

旅立った　あの日　あの時
南行き列車に　飛び乗った　俺達

ギターと唄と　ポケットいっぱいのアイディアで
世間知らずだとしても
こわいもの知らずのよそ者達
南行き列車に　飛び乗った　俺達

南行き列車に　飛び乗った　俺達

AFTER THE STORM

雲におおわれた後に　虹が消えたそのあとに
耳に残る声　駆け巡るメロディー

Ah 今何を言えばいいのさ　何処へ行けば……

雨が降ったあとに　霧がかかったそのあとに
来る日も来る日も　陽が昇る　陽が落ちる
……そのあとに

何処に行けばいいのさ　今何を言えば
何もかも吹き飛ばした
嵐の去ったあとに　何を言えばいいのさ

君に会いたい　会いたいよ君に
もう一度会いたい　話があるんだぁ……

必要だよ　友達が…　虹が消えたそのあとには
さみしいぜ　友達を　突然奪われるなんて

思い出ばかり　ぐるぐる　ぐるぐる　めぐる

何を言えばいいのさ
何処に行けばいいのさ
何もかも吹き飛ばした
嵐の去った……そのあとに……

（オリジナル：グラハム・ナッシュ）

年表

1950年
東京・新宿、戸山ハイツに生まれる。

1957年　七歳
新宿区立東戸山小学校入学。

1960年　十歳
私立宝仙学園小学校に転校。父の職業の関係（写真植字業）で、ソノシートが自宅に沢山あり、自然に音楽と触れることとなる。

1963年　十三歳
桐朋学園中学入学。

1964年　十四歳
ビートルズやエレキギターと出会う。街のクラシックギター教室へ通い始める。

1965年　十五歳
クラスメイトとバンドを結成。

1966年　十六歳
桐朋学園高校入学。

1970年　二十歳
御茶ノ水東京デザイナー学院入学。渋谷・宮益坂の生演奏の店〝青い森〟で加奈崎芳太郎と出会い、古井戸結成。エレックレコードよりデビュー。

1971年
『唄の市第一集』発売。

1972年
『古井戸の世界』『オレンジ色のすけっち』発売。

1973年
『ぽえじー』発売。

1974年
『古井戸ライブ』『四季の詩』発売。

1975年
『fluid yesterday's』『酔醒』発売。古井戸と並行し、RCサクセションでの活動も始める。

1978年
『SIDE BY SIDE』発売。

1979年
『泉谷しげるVS古井戸』『古井戸 FOREVER BEST16』『ラストステージ』発売。古井戸解散。久保講堂でラストステージを行う。同ステージで、RCサクセションのメンバーとして紹介される。

1980年　三十歳

RCサクセションのシングル『雨あがりの夜空に』の発売記念、屋根裏4日間コンサート、久保講堂ワンマンコンサートを行う。同コンサートは、ライブアルバム『RHAPSODY』として発売。シングル『ボスしけてるぜ』、『トランジスタ・ラジオ』、アルバム『PLEASE』発売。

1981年

『EPLP』『BLUE』発売。日比谷野外音楽堂2DAYS、渋谷東映でオールナイトコンサートを行う。毎年の日本武道館コンサートをこの年より始める。

1982年

「ヘンタイよいこ白昼堂々秘密の大集会」に出演し、ヘンよいバンドを結成。メンバーは鈴木さえこ(Dr)、どんべ(B)、矢野顕子(P)、坂本龍一（Key）、忌野清志郎（Vo）、仲井戸麗市（G）。

キティーレコードからロンドンレコードへ移籍。シングル『サマーツアー』、『つきあいたい』、アルバム『BEAT POPS』発売。

1983年

シングル『Oh! Baby』、『ベイビー！ 逃げるんだ。』、アルバム『OK』、『THE KING OF ライブ』発売。

1984年

東芝EMIに移籍。シングル『不思議』、アルバム『FEEL SO BAD』発売。

1985年

シングル『すべてはALRIGHT（YA BABY）』、『スカイ・パイロット』、アルバム『HEART ACE』発売。

8月31日　仲井戸麗市としての初のソロアルバム『THE 仲井戸麗市 BOOK』発売。

9月21日　ソロ1stシングル『ONE NITE BLUES』発売。

仲井戸バンドでツアーを行う。

1986年

シングル『NAUGHTY BOY』発売。ライブアルバム、ライブビデオ『the TEARS OF a CROWN』発売。

RCサクセションの夏の日比谷野外音楽堂公演をこの年より始める。

仲井戸バンドで学園祭ツアー「CHABO JUMPS AGAIN!!」を行う。

1988年

シングル『NAUGHTY BOY』、『LOVE ME TENDER』、アルバム『MARVY』『COVERS』『コブラの悩み』発売。

『COVERS』は東芝EMIから発売中止となり、その後キティレコードから発売される。

1989年

泉谷しげる&LOSERのツアーに参加。

1990年 四十歳

2月21日　ソロアルバム『絵』発売。
仲井戸バンド「STILL Aライブ & WELL」全国ツアーを始める。
9月　シングル『I LIKE YOU』、アルバム『BABY A GO GO』発売。10回目となる日本武道館公演をもって、RCサクセションは無期限休養に入る。

1991年

個人マネージメントオフィス「7th Mother／セブンス・マザー」設立。

土屋公平と麗蘭を結成。

4月9日〜　全国ツアー「麗蘭との夕べ」32公演を行う。

麗蘭、ライブビデオ『Welcome Home』、1stアルバム『麗蘭』発売。

10月　名古屋・東海ラジオ「SFロックステーション」の火曜日のDJを担当。翌年3月までの5ヶ月間務める。

1992年

6月下旬　初の単行本『だんだんわかった』（TBSブリタニカ）を発売。
7月1日　『だんだんわかった』発売を記念して、ポエトリーリーディング&ライブを全国27公演行う。
8月31日　渋谷ジァンジァンでのポエトリーリーディング&ライブ「密室」を始める。
11月　ソロ・アクション・ライブ「密室」を行う。

1993年

1月20日　ソロシングル『HIMAWARI』発売。
2月3日　ソロアルバム『DADA』発売。
同日よりHEART of SOULBAND（Vo/G:仲井戸〝CHABO〟麗市、B:早川岳晴、Dr:村上〝ポンタ〟秀一、Key:KYON）「〝HEART of SOUL〟」ツアー11公演を行う。
3月25日〜　麗蘭「その名は麗蘭 '93春 全国TOUR計画」25公演を行う。
6月30日　CHABO BAND TOUR '93渋谷公会堂ライブの模様を収めたソロ初のビデオ『HEART of SOUL』発売。
7月7日　麗蘭、シングル『マンボのボーイフレンド』発売。
7月28日　麗蘭、ライブアルバム『宴』発売。
8月29日　ジァンジァンでのシリーズライブ「密室」を京都・磔磔でも始める。
10月　アメリカのミシシッピー・デルタ地帯からシカゴへの、ブルースロードの旅にでる。
11月10日　3トラックスCD『Merry X'mas Baby』発売。
12月19日〜　HEART of SOUL BAND with 三宅伸治〝Soul X'mas〟ツアー4公演を行う。

1994年

1月　ロッキング・オンの季刊誌『BRIDGE』でコラム「一枚のレコードから」連載開始。
8月　角川書店の特別TV番組「生きる〜EVERYDAY WE HAVE THE BLUES」で、忌野清志郎を迎え北海道の草原にて2人でライブを行う。
8月13日　日比谷野外音楽堂「GLAD ALL OVER」で忌野清志郎と共演。
9〜12月　ソロ・アクション・ライブ「夜を日に継ぎ」全国39都市、全42公演を行う。
12月7日　日比谷野外音楽堂ライブ『GLAD ALL OVER』をビデオ、LD発売。ライブ完全収録の2枚組CDも同時発売。

12月23〜25日　麗蘭、京都・磔磔の年末ライブをこの年より始める。「麗と蘭 X'mas な夜に…」。

1995年

6〜7月　ソロ・アクション・ライブ密室「太陽のパレット」7公演を行う。
11月1日　ミニアルバム第1弾『PRESENT#1』発売。
11〜12月　ソロ・アクション・ライブ密室「夜のピクニック」14公演を行う。
12月　'92年発売『だんだんわかった』に書き下ろし原稿を加え、角川文庫より文庫本化。
12月26・28日　麗蘭年末LIVE　京都・磔磔 vol.6「麗蘭 '95」。

1996年

3月6日　ミニアルバム第2弾『PRESENT#2』発売。
8月7日　ミニアルバム『PRESENT#3』発売。
8月18日　第3期 CHABO BAND (Vo/G：仲井戸"CHABO"麗市、B：早川岳晴、Dr：河村"カースケ"智康、Key：たつのすけ)デビューライブ、「JUMP!!!」を日比谷野外音楽堂で行う。
10月　bay FM「King Biscuit Time」(日曜日25：30〜26：00)でパーソナリティーを担当。
12月29・30日　麗蘭年末ライブ　京都・磔磔 vol.7「宴 うたげ」'96。

1997年

2月26日　4thソロアルバム『GREAT SPIRIT』発売。
4月　レギュラーラジオ番組・bay fm「King Biscuit Time」が金曜日の深夜に引っ越し、1時間枠に拡大する。
5月4日〜　CHABO BAND初ツアー「Jump!!! '97」28公演。
8月24日　CHABO BAND、日比谷野外音楽堂でライブ「SOUL TO SOUL」を行う。
9月　パーソナリティーを務めていたbay fm「King Biscuit Time」が9月26日の放送をもって最終回となる。
11月27日　日比谷野外音楽堂ライブを収録したCHABO BANDライブアルバム『SOUL TO SOUL〜ライブ at Hibiya Yaon』「ライブ Jump!!! '97」ツアードキュメントビデオ『SOUL TO SOUL』を同時発売。
12月10日　ミニアルバムの完結編『PRESENT#4』を発売。
12月　『SOUL X'mas』を、インディーズレーベル・HOHO-EMI RECORDから発売。
12月24〜26日　麗蘭年末ライブ　京都・磔磔 vol.8『今年はツインパーカッション!!』。

1998年

2〜6月　「SWEET HOME SHINJUKU」、日清新宿パワーステーションで毎月最終週末、バンドとソロ公演で交互に行う。
4月22日　ベスト・アルバム『CHABO'S BEST (1985-1997) vol.1』発売。
6月2日〜　シカゴへ行く。「chicago BLUES festival」で遊ぶ。
7月6日〜　仲井戸初のサウンド・トラックを手掛けたアニメ「lain」がTV東京でオンエア開始。エンディング・テーマに"遠い叫び"(RCサクセションのセルフカバー)を提供。
7月9日〜　久々のソロ・アクション・ライブ「CLUB HIGH NOON」4公演を行う。
8月7日　シングル『遠い叫び』発売。
8月15日　CHABO BAND日比谷野外音楽堂公演「Well Alright !!」を行う。
8月26日　「lain」オリジナル・サウンドトラック『serial experiment lain／sound

track』発売。
11月　プロモーション・ビデオ撮影を兼ねて、N.Y.へ行く。
11月28日　ソロ・アクション・ライブ「チャンスは今夜」京都・磔磔で行う。
12月28・29日　ソロ・アクション・ライブ「THE年の瀬」京都・磔磔で行う。

1999年

1月22日　鎌倉芸術館にてDuet企画「仲井戸麗市・竹中直人ふたり会」を始める。
1月27日　アルバム『My R&R』発売。
3月20日　単行本『一枚のレコードから』（ロッキング・オン）発売。TOWER RECORDS新宿、HMV名古屋、TOWER RECORDS心斎橋、TOWER RECORDS梅田で、渋谷陽一氏と発売記念インストア・イベントを行う。
5月〜　30周年記念BOXセットのブックレットとビデオ撮影を兼ねてパリに行く。フィンセント・ファン・ゴッホの足跡を訪ねる旅にでる。
12月27日　麗蘭LIVE　京都・磔磔vol.9『麗蘭と磔磔の'99年ラストライブ』。

2000年　五十歳

2月9日　音楽生活30年を記念し、30th Anniversary 4CD BOXセット『Works』（disc-1〈古井戸〉セルフカバー、disc-2〈CHABO BAND〉、disc-3〈麗蘭〉、disc-4〈POETRY READING〉）、ビデオ・クリップ集『solo Works』を発売。
3月3日　忌野清志郎30周年ライブ「RESPECT」に参加。
6月24日〜　「30th Anniversary 50 Day's ライブ『My R&R』」ツアー　麗蘭/SOLO/CHABO BANDで50公演を行う。
12月27日　ソロライブ「Sweet Home」京都・磔磔で行う。

2001年

3月25日　浅川マキをゲストに迎えて、Duet企画「春の扉」を鎌倉芸術館にて行う。
7月20日　ツアードキュメントビデオ『STAGE FRIGHT』を発売。
9月〜　ソロライブ「I am a MAN」を名古屋、大阪、東京で行う。
12月29・30日　麗蘭LIVE　京都・磔磔『Love & Peace』。

2002年

2月3日　鎌倉芸術館でDuet企画ポエトリー・リーディング・ライブ「ふたり会・春」を宮沢和史（THE BOOM）と行う。
5月　エッセイ集『ロックの感受性』（平凡社新書）を発売。
10月1日　麗蘭で初のDVD『麗蘭91-02「轍（わだち）」』発売。
10月9日　アルバム『TIME』発売。ソロ・ナイト・ライブ「TIME」を名古屋、大阪、東京で行う。
12月〜　FM愛知のラジオ番組「ムーンドッグ・アワー」のコーナー〝THREE O'CLOCK BLUES〟のDJを担当。
12月15日〜　麗蘭ツアー２００２「THE TIMES THEY ARE A-CHANGIN'」8公演を行う。
12月28・29日　麗蘭年末LIVE　京都・磔磔vol.10「THE TIMES THEY ARE A-CHANGIN'」。

2003年

1月29日　ベストアルバム『CHABO'S BEST HARD』『CHABO'S BEST Heart』同時発売。

3月23日　夏木マリをゲストに迎え、鎌倉芸術館でDuet企画「ふたり会」を行う。

5～11月「'Fight'ing Guitar MAN」全国52ヶ所のツアーを行う。

8月16日　麗蘭で「RISING SUN ROCK FESTIVAL 2003 in EZO」に初出演。

10月9日　DVD『STAGE FRIGHT』発売。

10月25日　DVD『TIME 2001-2003 -Feel Like Going Home-』発売。

10月29日　DVD『Solo works』『GRAD ALL OVER』を発売。

11月5日　麗蘭でN.Yへ行く。

12月28・29日　麗蘭年末LIVE　京都・磔磔 vol.11「ここ掘れワンワン!麗蘭2003」。

2004年

3月13日　鎌倉芸術館にて、カメラマンおくぼひさこの作品とのコラボレーション「ふたり会【MR.&MRS.】」を行う。

7月31日　麗蘭で「FUJI ROCK FESTIVAL'04」に初出演。

8月3日 麗蘭の2ndアルバム『SOSが鳴ってる』発売。

12月4日～　麗蘭「ROCK馬鹿と知的ヒッピーを元気にするTOUR」11公演を行う。

12月28・29日　麗蘭年末LIVE京都・磔磔 vol.12「ROCK馬鹿と知的ヒッピーを元気にするTOUR」。

12月30日　麗蘭で「COUNTDOWN JAPAN 04/05」に出演。

2005年

4月29日　麗蘭でARABAKI ROCK FEST. 2005に初出演。

5月9・10日　東京・ティアラこうとうにてチェロ：翠川敬基を迎え［THE Duet］を開催。

7月5・6日　東京・ティアラこうとうにてペダル・スチール・ギター：駒沢裕城を迎え［THE Duet］を開催。

9月7・8日　東京・ティアラこうとうにてマリンバ：新谷祥子を迎え［THE Duet］を開催。

10月8日　東京・SHIBUYA-AX「CHABO GO! GO!［THE Duet］」開催。12月21日～麗蘭「泣いてたまるか!!」全国TOUR 7公演を行う。

12月28・30日　麗蘭年末LIVE　京都・磔磔 vol.13「泣いてたまるか!!」。

12月31日　麗蘭「COUNTDOWN JAPAN 05/06」に出演。

2006年

3月3日　1994から毎年年末に行っている京都・磔磔ライブの初LIVE盤 麗蘭　磔磔 LIVECD［泣いてたまるか!! 2005］発売。

4月27日　ライブgoes on Presents DVDシューティングライブ「今日 歌いたい唄。」を東京・SHIBUYA BOXXで行う。

7月28日　DVD『今日 歌いたい唄。』発売。

7月31日　CHABOライブセレクション・オフィシャル・ブートレグ「CHABO BANDライブ1998」発売。

8月27日　CHABO BANDで「Sky Jamboree '06」に初出演。

8月31日　CHABOライブセレクション・オフィシャル・ブートレグ「CHABO SOLOライブ1998」発売。

10月9日　東京・SHIBUYA-AX「my way」公演。

12月28・30日　麗蘭年末LIVE　京都・磔磔vol.14「明日の為に、今日もある。」。

12月31日　麗蘭で「COUNTDOWN JAPAN 06/07」に出演。

2007年

1月31日「札幌市民会館 最後の日(LAST SHIMIN)」に出演。

2月28日　麗蘭LIVECD「磔磔2006盤　明日の為に、今日もある。」発売。

7月7日　大阪・Shangri-La「大阪のチーム CHABO777 企画EVENT　ラジオ・スターの夜劇 777 仲井戸"CHABO"麗市」(1部：公開DJ、2部：ライブ)開催。

8月5日　麗蘭「ROCK IN JAPAN FESTIVAL. 2007」に初出演。

10月13日～「2007年冬季限定　麗蘭アコースティカルライブ『1+1』」で全国15箇所28公演」を行う。

10月24日　麗蘭　初のアコースティカルCD『1+1』発売。

12月8日「ジョン・レノン音楽祭2007 Dream Power ジョン・レノン スーパー・ライヴ」に、忌野清志郎 with 仲井戸麗市で出演。

12月26日～30日　麗蘭年末LIVE　京都・磔磔vol.15「麗と蘭アコースティカルライブ『1+1』」。

2008年

2月10日　日本武道館18日ブルーノート東京24日大阪フェスティバルホール。

3月2日京都会館第一ホール「忌野清志郎完全復活祭」に参加。

3月3日　麗蘭LIVECD「磔磔2007盤　LIVE・1+1」発売

4月23日　おおくぼひさことコラボレーションした絵本『猫の時間』(ランダムハウス講談社)発売。

6月10日　ポエトリーリーディング企画ミニアルバム『Poetry』発売。

東京・南青山MANDALAで、MonthlyLIVEを始める。MonthlyCHABO vol.1は「ミニアルバム『Poetry』発売記念ライブ」with たつのすけ(key)。

7月11日　東京・南青山MANDALAにてMonthly CHABO vol.2「と・も・だ・ち」with 早川岳晴(Bass)を行う。

8月10日　東京・南青山MANDALA Monthly CHABO vol.3「SUMMER IN THE CITY」with 片山広明(sax)+たつのすけ(key)を行う。

9月10・11日　東京・南青山MANDALA Monthly CHABO vol.4「9月の素描」with 新谷祥子(マリンバ)を行う。

10月12日　東京・SHIBUYA-AX「野郎共の競宴!!!」エレファントカシマシ×泉谷しげる＆ロードオブライブ×CHABO BANDを開催。

10月16日　東京・世田谷パブリックシアターにて『観る・聴く・読む』で朗読・演奏・歌のソロ公演。

11月12日　東京・南青山MANDALA Monthly CHABO vol.5「Late Summer」with 駒沢裕城(ペダルスティールギター)を行う。

12月10・11日　東京・南青山MANDALA Monthly CHABO vol.6「Two Of Us」with Dr.kyOn(Keyboards)を行う。

12月22日　麗蘭2008「継続は力なり。」…ってか。東京・Shibuya O-EAST。

12月28～30日　麗蘭年末LIVE　京都・磔磔vol.16「継続は力なり。」…ってか。

２００９年

1月17・18日　東京・南青山MANDALA Monthly CHABO vol.7「仲井戸麗市新年！CHABO SOLO NIGHT!!」を行う。

2月14・15日東京・南青山MANDALA Monthly CHABO vol.8「太陽のあたる場所」with 翠川敬基（チェロ）を行う。

3月3日　麗蘭LIVE CD「磔磔２００８盤「継続は力なり。」…ってか。」」発売。

3月13・14日　東京・南青山MANDALA Monthly CHABO vol.9　CHABO SOLO Night「小さな願い」を行う。

3月27日　チームCHABO主催のイベント企画「第2弾！　ラジオ・スターの夜劇～冬の次は、春なのだ！～大阪・Shangri-La出演。

4月12・13日東京・南青山MANDALA Monthly CHABO vol.10「You've got a friend.」with 村上″ポンタ″秀一(Drums)を行う。

5月22・23日　東京・南青山MANDALA Monthly CHABO vol.11 CHABO SOLO「OVER Night!!」で行う。

6月12・13日　東京・南青山MANDALA Monthly CHABO vol.12「南青山夜会」with 梅津和時(Sax)and たつのすけ(Key)約1年続けたマンスリー企画は一旦修了。

6月21日　途上国の子供たちをサポートするプロジェクト「One Of Loveを、夏木マリ&斎藤ノブが中心となってスタートさせた。MARI&NOBU「One of Love KICK OFF EVENT GIG @ ROPPONGI Rolling Stone CAFEにスペシャルゲストとして参加。

7月4日　新谷祥子と「THE Duet『ガルシアの風』」を名古屋ブルーノートで行う。

7月5日　新谷祥子と「THE Duet『ガルシアの風』」をビルボードライブ福岡で行う。

7月25日　忌野清志郎スペシャル・メッセージ・オーケストラで、「FUJI ROCK FESTIVAL」に出演。

8月14日「RISING SUN ROCK FESTIVAL 2009 in EZO」に仲井戸″CHABO″麗市 with 片山広明（Sax）で出演。

8月23日「Sky Jamboree '09 ～『新呼吸』～」に出演。

8月30日　渋谷・レストラン「レガート」で開催されたライブ&オークションのチャリティーパーティーに、村上″ポンタ″秀一、及川Keeda（ライブペインティング）と参加。

10月～　JFN系列のFM番組「D.N.A ロックの殿堂」のDJ（毎月第3週を担当）スタート。

10月11日「I stand alone 仲井戸″CHABO″麗市『僕が君を知ってる』」を東京・SHIBUYA-AXで行う。

12月1日～　麗蘭初のBillboardライブ「Lay-Run The first appearance」を、OSAKA Blue Note、NAGOYA Blue Note、Billboardライブ TOKYOで行う。

12月10日　東京・南青山MANDALA Monthly CHABO Extra「DJ・Night!!」のゲストに夏木マリを迎え、DJ Nightを開催。

12月28～30日　麗蘭年末LIVE　京都・磔磔 vol.17「麗蘭２００９『YOU-I』」。

12月31日「COUNTDOWN JAPAN 09/10」に出演。

２０１０年　六十歳

1月21日『I STAND ALONE』DVDとCDで同時発売。

1月～　仲井戸麗市 with 早川岳晴で「GO!! 60」LIVE TOUR全国60本を60歳の誕生日10月9日まで敢行。

3月3日　麗蘭LIVECD「磔磔２００９盤YOU-I」発売。

ディスコグラフィー

※本書の作品が収録された音源のみをご紹介しています。

古井戸

『唄の市　第一集』
1971.11
花言葉
大雪のあとで

『古井戸の世界』
1972.3.5
ごろ寝
ろくでなし
インスタントラーメン
何とかなれ
待ちぼうけ
通り雨
さなえちゃん
退屈

『オレンジ色の
すけっち』
1972.9.25
冬の夜
ひなたぼっこ
抒情詩
ねむけざまし
終りです
夕立ち
ポスターカラー
うわの空

『ぽえじー』
1973.7.25
あの街は春
らびんすぷーんふる
おいてきぼり
びしょぬれワルツ
讃美歌
おやすみ

『古井戸ライブ』
1974.3.10
うそつき

『四季の詩』
1974.10.10
ひなまつり
春たけなわ
セントルイスブルース
早く帰りたい
love song
少年
熊野神社を通って
きまぐれラプソディ
四季の詩
年の瀬

『fluid
yesterday's』
1975.5.30
夏が来れば

『酔醒』

1975.10

飲んだくれジョニイ
ねぇ君
スーパードライバー5月4日
ステーションホテル
Whisky Romance
雨に唄えば
私の風来坊
黄昏マリー
懐しくない人

『SIDE BY SIDE』

1978.5.21

DATE SONG
大都会
抱かれた後で
さよならマスター
Morning Soup
Rhythmic Lullaby
夜奏曲

『ラストステージ』

1979.12.12

ジェット機ビジネス
いつか笑える日
流浪
永い夢

RCサクセション

『FEEL SO BAD』

1984.11.23

セルフポートレート

『HEART ACE』

1985.11.21

GLORY DAY

『the TEARS of a CLOWN』

1986.10.12

打破

『MARVY』

1988.2.25

遠い叫び
ギブソン (CHABO'S BLUES)

『Baby a Go Go』

1990.9.27

うぐいす

ソロ

『THE 仲井戸麗市 BOOK』

1985.8.31

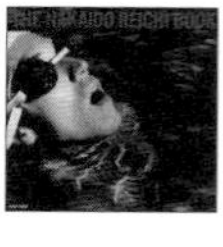

別人
カビ
BGM
ティーンエイジャー
秘密
早く帰りたい PART II
MY HOME
月夜のハイウェイドライブ
ONE NITE BLUES

『絵』

1990.2.21

ホームタウン
夜のピクニック
ジャングル
ムード21
少女達へ
グロテスク
慕情
ねぇHISAKO
自由の風
エピローグ
ホーボーへ
(アメリカン・フォークソングへのレクイエム)
スケッチ'89・夏
潮騒

『DADA』

1993.2.3

ムーンライト・ドライブ
BABY LOVE
向日葵10・9
HUSTEL
さまざまな自由
はぐれた遠い子供達へ
新宿を語る　冬
ラジオ
特別な夏
DREAMS TO REMEMBER

『GREAT SPIRIT』

1997.2.26

アイ・アイ・アイ
荒野で
冬の日
ヒッピー・ヒッピー・シェイク
君に Night and Day
遥かな手紙《たより》(ニジェールから)
LULLABY
Song for you
ぼくら
ウー・ラ・ラ・ラ

『My R&R』

1999.1.27

Good Morning
Good Day
Voltage
サイクリング
Heaven

Chicago Rain
男もつらいよ(but don't give up!)
プリテンダー
ガルシアの風
いいぜBaby
My R&R
家路

『TIME』
2002.10.9

I Feel Beat
たそがれSong
夏に続く午後
悲しみをぶっとばせ
Song for Bobby
Feel Like Going Home
〈BONUS LIVE TRACKS〉
時代は変わる
大切な手紙
ハレルヨ

『Poetry』
〈Mini Album〉
2008.6.10

久遠
Home
キューバの唄
風樹

『Merry X'mas Baby』
〈Maxi Single〉
1993.11.10

Merry X'mas Baby
真冬の熱帯夜
年の瀬'93

『PRESENT #1』
〈Maxi Single〉
1995.11.1

BLUE MOON
L・O・V・E
LIFE
プレゼント

『PRESENT #2』
〈Maxi Single〉
1996.3.6

庭
魔法を信じるかい?
-Do You Believe In Magic?
テニス
唄

『PRESENT #3』
〈Maxi Single〉
1996.8.7

Short Vacation
SUMMER SUMBA
カルピス
糧

『PRESENT #4』
〈Maxi Single〉
1997.12.10

You are the sunshine(of my life)
Holiday
真夜中を突っ走れ-(Drive on)

風景

『HIMAWARI』
〈Single〉
1993.1.20

HIMAWARI
RADIO

『遠い叫び』
〈Single〉
1998.8.7

孤独のシグナル

●サウンド・トラック

『serial experiments lain』
1998.8.26

●ベスト・アルバム

『CHABO'S BEST vol.1[1985-1997]』
1998.4.22

『CHABO'S BEST「HARD」』
2003.1.29

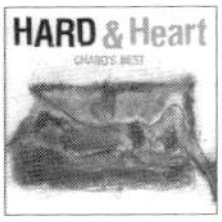

『CHABO'S BEST「Heart」』
2003.1.29

『PRESENT#55 +DVD』
2005.10.5

かもめ
サンタドレスのテラス
うれしい予感

●ボックス

『30th Anniversary 4CD BOX "works"』
2000.2.9

〈DISC-1〉 古井戸 セルフカバー
散歩
〈DISC-2〉 CHABO BAND
Born in 新宿
Who'll stop the rain
スケッチN.Y.'98
Blues is alright
〈DISC-3〉 麗蘭
HORIZON
Happy Song
Re-Fresh
〈DISC-4〉 POETRY READING
花園神社
エレキ・ギター・
〜エレキ・ギター・
〜STONE
64年型タイプライター
不動産屋
絵日記'98夏

●ライヴ・アルバム

『SOUL TO SOUL 〜Live at Hibiya Yaon〜』
1997.11.27

CHABO BANDのテーマ

「I STAND ALONE」

2010.1.20

夏の口笛

南行き列車

after the storm

●ビデオ・DVD

『HEART of SOUL』

video:1993.6.30

アメリカンフットボール'93

Free Time

『Solo Action [密室]』

video:1994.5.11

『SOUL TO SOUL ～Tour Document～』

video:1997.11.27

coffee BLUES

『"solo works"』

video:2000.2.9

DVD:2003.10.29

『STAGE FRIGHT』

video:2001.7.20

DVD:2003.10.9

『TIME 2001-2003 -Feel Like Going Home-』

DVD:2003.10.25

平和ブルース

悲惨な戦争

ひととき

『今日　歌いたい唄。』

DVD:2006.7.28

デラシネ達

そんなはずはない

雪

会いたかった人

太陽に唄って（戸山ハイツ）

『I STAND ALONE』

DVD:2010.1.20

●オフィシャル・ブートレグ

『CHABO LIVE Selection Official Bootleg【CHABO BAND LIVE1998】』

2006.7.31

Good songを君に

陽気にやろうぜ

『CHABO LIVE Selection Official Bootleg【CHABO SOLO LIVE1998】』

2006.8.31

ノンシャラン

麗蘭

『Welcome Home!!』

VHS:1991.9.1

DVD:2007.10.10

ミッドナイト・ブギ

アメリカンフットボール

顔

今夜R&Bを…

幻想の旅人の唄

クッキーと紅茶

ミュージック

ヒッチハイク

シャスターデイジィー

がらがらへビ（P.GREENに捧ぐ）

『麗蘭』

1991.10.30

待ちわびるサンセット

真夜中のカウボーイ

さみし気なパイロット

ユメ・ユメ

月の夜道でマンボを踊る友人の唄

ハイキング

ハーモニー（挽歌）

夏の色調《いろあい》

『マンボのボーイフレンド』

〈single〉

1993.7.7

マンボのボーイフレンド

風の車

『宴』

〈LIVE ALBUM〉

1993.7.28

ヒッチハイク'93

BIRTHDAY SONG

『SOUL X'mas／Hello Good-bye』

〈single〉

1997.12.24

SOUL X'mas

Hello Good-bye

『SOSが鳴ってる』

2004.8.3

SOSが鳴ってる

CHABO Jumps again

Words
Simple Love Song
あこがれの　Southern Man
今 I Love you を君に
Get Back
R&R Tonight

『ROCK馬鹿と知的ヒッピーを元気にするDVD』

DVD:2005.4.4
時代は変わる'04

『礫礫2005盤・泣いてたまるか!!』

〈LIVE ALBUM〉
2006.3.3
時代は変わる'05

『礫礫2006盤 明日の為に、今日もある。』
〈LIVE ALBUM〉
2007.2.28
明日の為に、今日もある。
泣いてたまるか
時代は変わる'06

『1+1』
2007.10.24
I'm a BAND MAN
運
Blue Blue
Well Alright
おいしい水

『礫礫2008盤「継続は力なり。」…ってか。』
〈LIVE ALBUM〉
2009.3.3
今 Yes We Can

『礫礫2009盤 YOU - I』
〈LIVE ALBUM〉
2010.3.3
You - I Blues
清掃の唄
Spirit

その他

『江戸屋百歌撰 1996／子 NEZUMI』
1996.2.21
GOING DOWN

索引

1971 - 1979

1980 - 1989

1990 - 1999

2000 - 2009

2010

あとがき

かつて２００３年に、その時点での「全詞集」という小本を限定的に作ってもらったことがあり、そのあとがきにも似た様なタッチの事を記したのだが、ここに納めた作品達は、基本的に唄の歌詞である。ポエトリー・リーディングタッチでことばのみとして成立させてるものもいくつかあるが、それ等をも含め、例えば一つのステージの流れにおいては、継続する「音」の中において発せられたことば達である。なんだか唄のことばのみを一冊の本に……なんてのはいささか気はずかしかったり、自信もなかったりする。表現としての自分のことばは、あくまで、メロディー、リズムとの合体としてなんとか成立している範囲、レベルのものであろうと思っているから……だ。なんてこともあって、今回も自分のことばを集めた一冊の本のタイトルとしては、少なくとも詩集というのはありえなかった……ので、あくまで詞集というくくりにこだわり「全詞集」とした。全詞集とはいえ、きっといつかどこかで無くしたり、忘れてしまったりのものもあるはずだし、自らの意思であえて省いた作品もある。また、基本的には自分一人の個人的制作作品のみに限定すべく、共作についてはここからはずした。（唯一例外として、我が父の俳句を元に書き上げた〝スケッチ’89・夏〟は掲載）またカバー曲に関しては、そのタイトルからイメージした、新たな自分の詞ということで（勿論一部オリジナル詞の訳の断片を混ぜたものもあるが）掲載させてもらった。さらに、書いた時点では気づきもしなかったが、現在触れてみて、その表現の適切さに、自分自身いかなるものか？といった個所もいくつかあったのだが……あえてそのままにさせてもらった。（その上で一カ所のみ個人的判断で伏せ字とした）そんなこんなで、この２０１０年６月の時点において、若げのいたりの気はずかしい作品達及び、自信なき作品達をも多々含めて自らセレクトした「全詞集」とあいなった。

ザ・ビートルズとの出会いからスタートしたR&R体験。……それは単なる音楽的な範疇のみであるはずもなく、間違いなく「人生」そのものとの出会いであった。エレキ・ギターという具体的、物理的な社会との接点の「道具」をも含めて、それは精神的自立への手探りの手がかりから始まった、決定的なエクスペリエンスであり、イメージであった。その決定的イメージをある時「My R&R」と名付け楽曲に書きとめた。今回この全詞集のトータルなタイトルにその名をチョイスした。

こうしてまとまった自らの作品達に向き合うと、唖然とするくらい変わらない「何か」に触れ、「何か」をつきつけられる、なんていう想いを痛感すると同時に、20才の頃と、まさか60才になろうとする現在……その作品の視点、切り口、タッチ、フィーリング etc. は当然のように変化している……でなければ意味もないであろうし、その変化を自分なりの進化、深化と呼びたい……なんて想いも湧きあがったりもしたことは、かけがえなき「年月の収穫」の一束だろうか。

ある時期、ある時、早々と自分を成立させているのは「曲作り」であることを認識し、確信し今日に至っている。嫌ならやめりゃいいのだし、だいいちそもそも他に何ができると言うのだ？ そして「これが俺の仕事だ」といった明確なる意思も自負も生まれた。

昨日も今日も明日もあさっても「ことば」を書かねば……書きたい……そしてそのことば達にメロディー、リズム、トーンといった色調を着せ「音楽」として描き、Play したい。それが稚拙なれど、自分にとっての表現の形であろうはずだから………そう思いたい　そう願いたい。

父が詠み描く俳句の「無欲で簡素な深遠」にしばしばうちのめされる。道のりは遥かであろうが、いつかそんな次元へ辿り着いてみたい。せめて　そんな次元の入口あたりにでも………。

たった　ひとつの音、たった　ひとつのことば………。

この詞集のきっかけは、あまり気乗りしない表情の仲井戸をけしかけてくれた（笑）、我がオフィス、セブンス・マザー伊藤恵美の提案から始まった。で、その提案をロッキング・オン渋谷陽一君の元へ彼女は運ぶ……。彼曰く「詞集なんて売れないから、うちは基本的に出さない」（笑）だったそうだが……結局はこうして実現させてもらってしまった。「申し訳ない（笑）」といった気分、心境はとてもここには書ききれないが、戦友　渋谷陽一に感謝を！　サンキュー渋谷。具体的な作業を進めてくれた、編集部　兵庫君（彼とは本当に久しぶりの再会でありました。細かい文字校 etc. チェックお手数かけました。すげえ助かりました）、デザインの関さん（万葉という名はステキだな）たくさんありがとう、様々なアイディアを出してもらって、セレクトの幅を持たせていただきました。お二人に感謝。

　この「全詞集」が、俺を今日まで導き、ここに居させてくれ、そして明日からもきっとどこかに居させてくれるであろう、自分にとっての人生の決定的出会い……「R&R」という、マジカル&パワフルな神様への小さな報恩の一ページとなりえたならば、ささやかなれども……本望だ。

Yeah! My R&R!

２０１０年６月　　仲井戸〝CHABO〟麗市

著　仲井戸麗市
装丁・デザイン　関万葉
編集　兵庫慎司
編集補助　川辺美希　山本千津
編集協力　セブンス・マザー
写真　おおくぼひさこ

MY R&R
仲井戸麗市全詞集
1971−2010

著者　仲井戸麗市
2010年6月30日 初版発行
発行者　渋谷陽一
発行所　株式会社ロッキング・オン
〒150-8569
東京都渋谷区桜丘町20-1
渋谷インフォスタワー19階
電話　03-5458-3031
http://www.rock-net.jp
印刷所　株式会社廣済堂

ISBN978-4-86052-089-2